如果我們失去太陽

張家瑜‧著

目次

輯二　寫真

輯三　星移

推薦序

一個人的山路——前後十五年，讀張家瑜

文／陳蕙慧（資深出版人）

二〇一一年元月，張家瑜出版她的第一本散文集《我開始輕視語言》。我品味挑剔的同事A說，這是他的年度選書（才一月呢），許多原本不識這位新作者的讀者，也都將心交給了她，包括對岸。直到去年，當我久違地在社群媒體上貼出《我開始輕視語言》的封面（啊，那片想躺在上頭的「海松綠」），更多意想不到的讀者出聲說，這本書一直在案頭上陪伴自己。

將近十五年，這段漫長的時間裡，我和家瑜見面次數寥寥可數，台北、香港、北京，偶有機會一敘，寡言的兩人卻只是散散步，簡短交換幾句近況，彷彿一切便心領神會。我說「彷彿」，是那些生命旅途上或橫生或有跡可循的襲擊，在承受及重新振作後深埋的歲月紋路、心情皺褶，無從述說。沉默中僅得模糊的、輕飄飄的理解。所以，近幾個月來，跋涉在《如果我們失去太陽》的

書稿中，數度幾欲痛暈過去。

十五年前的張家瑜，活得那麼用力，在文字裡以克制自持織就內裡的張力。十五年後的張家瑜，拚鬥抵抗得那麼用力，任由血性的文字羅網，擠壓出天地不仁的嘶喊。此際，亦已老去的我，猛然看見青年的、添了歲數的張家瑜，同樣走在一個人的山路上。

如同鍾曉陽在《我開始輕視語言》的推薦序文寫「翻著稿子老看到的兩個字是『記得』……借論述之名，行追憶之實，借書寫之名，進行今昔之辯證」。當時，張家瑜亟欲留下的，與此時渴盼挽回的，俱情意纏綿，減了凝鍊詩意，增了塊壘詩魂，直見肝膽。因為天翻地覆、措手不及而連番失去的，喚不回來的，她一個人繼續走在山路上，招魂。

新作《如果我們失去太陽》輯一輯二寫至親和花蓮家鄉，連著血肉的時光與記憶大把大把地失去，輯三寫今昔香港圖景、人情、地貌和歷史，依偎信靠的地層和歲月大片大片地剝落無蹤，不管哪一種斷裂都悠緩又急遽。那失去，不，那失去後的不在，使張家瑜的孤獨更成為宇宙間渺小一粟的孤獨，使張家瑜的痛楚幻化成捉摸不著、蝕骨的劇痛。一切不在是事實，曾經都在像一場夢。

此前置身其中，以為實在，待佇立山上四下眺望，煙霧籠罩。讀的人，也在霧氣中悽悽惶惶。太陽在哪裡？

「最終，克拉拉二號試過一切可能的方法，而原來太陽還是沒有照在她主人身上。」

大量閱讀，在文字中尋求鎮定心魂的家瑜，似乎在石黑一雄的小說《克拉拉和太陽》中，看到了一抹希望。「如果你擁有克拉拉，你就像擁有太陽一般。」太陽給予養分、照料、溫暖、庇護，然而現實處境裡，祈願的人、受苦的人，失去了太陽。

「夕陽走了，星星出來了。（⋯）前面並沒有預言，也無引導的燈籠，只有靠自己。遠處有人哼起歌。還不算太壞。」這是張家瑜虔心的祝禱。

祝禱著啊，香港的年輕孩子們，全世界憤怒無助沮喪的年輕孩子們，你們（和我們）將只靠自己，一個人走在山路上，偶爾來到一片草地，總會有時候哼起歌。還不算太壞。

張家瑜不是那只引導的燈籠，這次，換成她，她把心交給了你、交給了我。我們接住。我們自己盡可能成為太陽。還不算太壞。

［輯一］

啄木

在身邊

那時候我們都不在母親身邊了，老家只父母兩人。那年父親過世，老二二話不說，由北部轉回花蓮工作。其實那時媽媽才五十多歲，但她依賴大她二十多歲的丈夫甚深。有老二回家陪她，又是個老師，她內心是開心的。

那些一起玩紙牌打麻將的阿姨來探望她，她都一再說：「我不擔心，我二女兒會從北部請調回來陪我啦，她教書的，我有伴啦。」那年頭，老公好，子女孝順，就是女人最大的資產，這一點，我媽倒是不遺憾的。我是說我家老二和老三。生女好，她常常說，我厝裡要不是這幾個女的，我都不知道怎麼辦。老三帶她到處旅行，看得那些阿姨都眼紅。大峽谷的照片，她胖胖的身子和年輕時稚嫩的老三在廢棄的礦場火車旁，上頭會有孤鷹迴旋。「我啊，坐那個小飛機真嚇死人」，她誇張地說。普吉島她換上一身熱帶風情，花花世界的大套衫，還有草帽哩，像夏威夷來的。我們沒參加的孩子嘲弄著。那幾年，她應該是快樂的吧，雖然她總覺得當一個寡婦很慘，但現在，老二回家了，她也沒什麼怨言。

做女兒都有親疏之別，我家老二應該是最不合宜和她住的。我們在父親的保護灌輸下，成了保守的、順應著外面那一套價值標準的好女孩。模範生，學書法，參加演講、朗誦比賽。而我家老二便是最典型被我爸栽培成功的例子。她不說話時特別嚴肅，她發脾氣時火爆得令父親都沒辦法。那混沌的孩子時期，要不是漸漸被那些電影畫面裡一點都不完美的童年所安慰，被所有的書籍代替平庸匱乏的生活，和鄉村一股可以騎著單車趴趴走的自由，要不是那一本我在小書局央求老爸買下來的兒童樂園，和妹妹們分著看的那時期。以為自己是一個不平凡的女孩，終究會有不一樣的人生。這種對我父母和所有現實傲慢無禮的抵制，令我們都成為很孤單而平凡的孩子。想逃離，像在鴿籠裡擁擠的鴿子，一開門那瞬間可以飛翔到天空的盡頭的錯覺，可我們最終在黃昏夜色催近時，都自動自發地再飛回那個籠子，除了一兩隻走錯路的鳥兒，我們的翅膀，我們的自由意志，其實還是被制約成一個想像，做一個乖孩子，不忍心割捨的家庭。而老二，是個乖孩子。

老媽沒怨言，反而是老二有怨言。我們是父親養大的，媽媽愛打牌，上學的衣服到便當，從老師聯絡簿到一刀一刀削鉛筆，都是那在小鎮衛生所上班的爸爸打理。我媽，小學沒畢業，我們眼中的她只會早出晚歸地打牌，有時還要像電影一樣，我爸叫我們去找媽媽。一個小女生充滿怨氣到烏煙瘴氣的賭場，沒幾個女人，我媽是其中一個，男人抽菸吃檳榔，充滿嘻笑的眼神，我以為自己並不是她的女兒，也不想成為她的女兒。

是怎樣的力量，讓她願意在這種龍蛇混雜的地方留連忘返、不顧我們幾個小孩呢？那或許要到很久以後，我們終於由孩子變成大人，由乾媽、阿姨口中的回憶，我們才稍稍地明白，她需要錢周轉，她也為這個家付出，並不是我們所想的只是為了自己。老家那三層樓梯我們每天都要爬上爬下，我的父親最後一次上樓居然是由他的兒子揹上去，這期間的我的母親仍然是那個爛賭鬼，刮刮樂六合彩四色牌麻將牌九。老爸走後，現在又多了一個，喝酒。

老二常打電話給在台北的老三：「又喝醉了，大吵大鬧，在二樓不肯上來，我和阿姨把她拉上去，酒氣充天。」老二生氣地說。「我把她丟在床上，我就去睡了，明天還要六點起床上課啦。」她直述的話，老三轉給我聽時，我真覺得抱歉。媽媽是童年一道小小的陰影，雖然大家都不說，但我們心裡都明白，後來回憶，也只挑美好的來說。她贏了錢，開開心心回家，若我們還沒睡，就帶著一群小孩到橋頭吃小炒或油麵，那時最開心，因為媽媽開心。我們從小就會看大人臉色，父母吵架，避到隔壁乾媽家看電視，父母冷戰，我們到前面茶室吃早餐，那裡總會有白粥配小菜湊和著。這樣的生活卻還能把我們養得嬌貴樣，也是我爸的能耐。但這種嬌貴和實際生活的落差，就讓我們很苦惱。

幸而老三並不像前面兩個姊姊那種夢幻型的孩子。我們與生活的格格不入，恰恰是她的借鏡吧。她知道怎樣在荒蕪的地方種植希望的植物，也願意分享給我們，照顧家人，最後成為家中的支柱。

問題一，你願意生在一個有錢但是父母不慈、子女不孝的家庭，或你寧可生在貧窮家庭，但有愛你的父母，有可扶持的兄弟姊妹？問題二，若你對這種家庭組成抱著高度懷疑，那隨機性幾可比擬，四十九個有號碼的小白球攪動出七個不同的號碼，那機率是多少？一千四百萬分之一。而那是只由四十九個小白球迅速簡單地決定。那即使再完美的家庭組成，你也可能不會快樂不能好好地長大，簡單的問題回答不出來複雜的關係。我老早放棄問有關愛、自由、死亡的問題，因為不信任所有的答案。因為所有的回應都只是你、他、我在山谷大聲疾呼迴響的，只有自己的恐懼和需求。

對所有形上的哲學不能用四十九個數字如六合彩賭注來找出你的人生號碼，決定你的未來，但卻可以這樣去將你投擲在一個家庭，變成一個女兒，有幾個兄弟姊妹。要多大的機會你不變成壞孩子，即使在這種殘山剩水之地，好多好多的孩子都幸運地長得好好的，不扭曲也不陰暗。被陽光普照著，我們有幸長成如此，但森林裡那些菇類寄生於沒光所惠顧的陰翳之地，也不是它們的錯。

隨機，加上好的壞的眷顧，加上你的我的意志，一切像一場午後的黑白雨，要麼就不好運在白花花的日光普照下，淋得一身濕。要麼你剛入門雨就嘩啦嘩啦下起來了。你詛咒或慶幸？下來你要遇見的，各種隱蔽的、明顯的事件，像藏著各色的字條。你錯過一個字，那命運的啟示就無法開解。這些困惑，你要等到童年結束，才大致底定。

母親和老二就這樣相依為命了幾年。她早出晚歸到學校教育學生，母親也早出晚歸，先到市場買了飯菜煮好才出門，到不知道哪家賭場坐定，像朝九晚五的打工者。奇怪的是我們也從不一家人坐下來好好勸阻：不要賭博啦，孩子給錢去買東西，女兒有假帶你去哪裡玩，阿姨們召喚的什麼進香團、里長辦的敦親睦鄰三日遊，都可以參加啊。

沒有，母女之間從沒有這種對話。有時老三還會撒嬌，但老二，我真不知她怎麼跟她媽我們母親相處的。如果有愛，我應稱之為責任傳統或就原本如天上的星星、地上的花朵的存在那麼自然。所有我們想定義或拆解的關係，總是那麼混沌，為因緣故，愛憎生。我彷彿看著老二聽到阿姨們的門鈴聲，從溫暖的被窩鑽出來，臉臭到令人生畏，不理那些阿姨直下到二樓，一言不發地拉著老媽，而我們的母親，每次喝醉酒，都要像電影情節那種表演方式：啊，我的女兒，媽媽有多辛苦你知道嗎……

第二天，我媽從酒精和電影走出來，變回原來的樣子，悄悄地下樓買一套蛋餅，放在餐桌上，我家老二好像沒事一樣，梳洗完畢探頭跟她說：我走了。

那套蛋餅加油條，她帶到學校去吃。

同學們

她是一個中學老師。

在台灣有多少中學？有多少老師？我上網，想知道我家老二是占多少比率的其中一位老師。很無聊是不是？在二〇一七年的紀錄是：國中專任老師有四萬六千七百七十二人，女性占了三萬二千三百三十一人。也就是在一個國中，約有七成都是女老師。而英文老師有五千六百一十二人——哦，我家老二是全台中學裡那其中一個。

她當老師，好像理所當然。小時候，家裡最像模範生的就是她。相貌威嚴，不認識她的人都覺得她難親近，她的框條很多，不能踩線，她很規律，不可破壞，但奇怪她的學生有什麼事就找她，甚至不是她做班主任的其他班孩子。我老覺得她是像關公一樣的存在。像她這種老師，拿著藤條，進到鬧哄哄的教室，班長說「起立敬禮，老師好」的景況，可還在？我都忘了問問她。有一次到她學校找她，花蓮鄉下太魯閣附近一間專收原住民孩子的國中。彼時我們都還年輕，先看到一隻油黑的小狗對著我汪汪叫，學生說小黑小黑不要叫，校園高聳的椰子樹，綠意盎然，是熱帶的感覺。

我常常被誤認為職業是老師，我總要微笑否認，心裡想：你要看老師的樣子，一定要看我們家老二，她才是真正教師代表。

服喪期間，有七個三十出頭男男女女到家裡來，說是老二在貢寮國中第一屆的學生。拈香致意後，他們七嘴八舌地討論林老師那時多年輕。是啊，比他們現在還小呢，在那個漁獲豐饒、台灣最東邊的海港，我為什麼一次也沒去探望過她呢？那裡環著太平洋，就依著雪山山脈，我們每次回花蓮看她，都經過長長雪山隧道，也經過她的青春、她稚嫩的年輕時光。隧道外閃令令的太平洋海面，有一隻海鳥飛過，浮光掠影著所有抓不住的回憶。而那號稱是台灣極東的三貂角，我又為何沒有任何印象？附近福隆海水浴場倒是學生時代去了幾次，但沒有和我妹林老師有交集的記憶。我缺席了那一塊。我缺席了很多，而可以補充的不多。我像一個坐在考場上的考生，一片空白，為什麼面對死亡的那一位，林老師總是老神在在地看著。她就好了，做一天老師，做一輩子老師，現在她是出題的人，而我們，怎麼接？那麼難受難堪，不能承受之重。不過，考題太難，也就沒什麼好糾結的。老三一打來電話說老二食道有問題，我買了機票，到了。直接由台北，開車南下，一路討論怎樣說服她，叫她上台北治療，那麼倔強難搞的人，會不會聽我們的話呢？我是大姊，父母雙逝。長姊如母，他們老是開玩笑地稱呼我，而其實我和老三是配錯了位置，所有決策她大多說了算。如母如父，如姊如弟，今生來世，我希求皆以最溫暖的方式，親人的方式，來說再見。

或許，我們低估了病痛的能力，或許，她之前有多難受，一直沒跟最親密的老三說，要拖到第二期？所以任我們擺佈，向學校請假，到慈濟拿轉介信。清晨的醫院是沒有時間觀念的，一樣人聲鼎沸，拖著病痛，猜疑恐怖，流竄在這與現實切割的另一道場。我們捉緊時間，樓上樓下奔波，和時間賽跑，好像差了這幾分鐘，老二會離我們愈來愈遠，我們再牽不到她的手。

學生怎麼辦？她是班導師，幸好今年是接了一年級學生，不是畢業生，同事們很快幫忙接她的教學。但沒時間和同學們說再見，沒時間到學校和她要好的同事、和她坐了十幾年的書桌再見，中午和同學們一起吃的營養午餐，下午一杯小七的冰咖啡。

上課的時候篩過枝葉繁盛陽光明媚，花蓮的陽光可不是蓋的，她由花蓮市中心，每朝六點起床，風雨無阻。以前騎摩托車，三十分鐘下來，風一吹，雨衣雨帽裡頭的衣服也濕透，要帶另一套衣服備用。後來開車，有時可以載載同學同事，門口有一隻小黑狗，餵著餵著就變成了校狗，一看她入校門口，搖著尾巴不知有多開心。

有時她拿了幾個原住民織布，簡單的圖案紅白相間，說是資助那些原住民學生的家庭，讓孩子們的父母不要只是拿著助援金去小雜貨店買最便宜的米酒，喝得醉醺醺的回家打老婆小孩。她長期贊助贊養小孩，老是看她跑郵局，學生找她，她也從不拒絕。奇怪，這個老師身分的我的妹妹，不像在家裡，什麼事都不做，看著租書店借來的小說，等著我們叫吃飯，才施施然由房間走到餐廳。這種懶到出汁的人，卻可以在半夜騎著摩托車到處找學生，跑到學生家裡和老爸吵架，叫他不要喝醉酒打孩子。

身分，像一個盔甲，塑造了一個被稱為老師的角色，而角色，她用心在演。有一年她用摩托車載著我和女兒，說太魯閣有一家不錯的咖啡店，先經過一家小雜貨店，她說要買東西，挑了一堆平時又不吃的零食，原來是舊學生開的店。聊著聊著，學生說「老師不要錢啦」，她堅持到底，臉開始臭了，有著大黑眼睛健康膚色的漂亮原住民女生很無奈，偷偷塞了一些糖果給四歲的女兒。她又開始騎。坐在後面的我們看著一路的好山好水，山峭與遠海，〈帶你回花蓮〉，楊牧和楊弦：「這是我的家鄉／河流尚未命名（⋯）山岳尚未命名（⋯）讓我們一起向種植的山谷滑落／去印證創生的神話。」最後詩人用愛，「容許我將你比喻為夏天回頭的／海涼，翡翠色的一方手帕／帶著白色的花邊」⋯⋯我兜兜轉轉走了半個地球，終於在這首歌找到我家鄉呼愁的慰藉。楊弦只用詩人半首詩，明亮而美麗的東海岸像初生嬰兒般，被洗禮而浮出水面，是無染汙的原型，是夢境的花蓮。這時還要配另一首〈大海邊〉，我是傍海的女中剪西瓜皮頭的十六歲女學生，海浪聲在召喚著，哼著這些我以為是家鄉的歌曲，我要讓自己看起來像少女維特，我要背著一噸重的憂傷，一個人坐在稀落行人的海邊，以符合一種氛圍，像孤獨離家的野孩子。

而要再過幾年後，我家老二才會和我一樣，在同一個海邊的女中，著一樣的白色寬鬆無曲線白上衣、過膝黑色裙，剪一樣的頭髮，孤獨地走在菁華街上坡路，經過學校，往菁華橋方向，下面有時流水潺潺，有時乾枯河床，那是最後一段的美崙溪，它蜿蜒經過大個花蓮市，由這裡和太平洋匯集，完成一條河流的使命。她將會走上一個教會辦的女生宿舍，那裡常有鬧鬼的傳說，她住了半年。她會走我曾經走過的路，看同命名為美崙溪的河流，在老師沉悶的語句中聽到似遠似近海浪拍打聲。或跑到山下那有時會放映好看外國片的國聲戲院，我的電影啟蒙就在那寬敞卻老是只有幾個觀眾的老戲院。那時，我已經離開這個有海洋的城市，到一個盆地生活。

我們經歷一樣的日常，在同一區域，但生活並不是這樣計算的，或是說，我永遠無法取代替換轉化為另一個你。當然我也不想，只是，在這個離開的過程，我要問的問題太多，以至於我老是將我的回憶插入你的，很無理地想像：那麼多我缺席的時光中，你，一個學生，一個老師，都在做什麼呢？你無法踏入同一條河，你亦無法潛入一個人的世界。

那些到家裡上香的同學，聊起林老師多麼照顧學生，談到他們各自的近況，現實生活並沒有讓他們忘記有一個老師，課堂的教學都已還給她，但在課下她直率的語句，年輕老師那一股真心、一些期盼，學生們，靜靜地在照片前也還給她。

而同學們，鞠躬的時候，好像看到那個短髮、穿著舒服的棉衣布褲的她，笑容燦爛，對著他們說：同學好。

她的好友

在老二舉喪期間，有些人來家裡致意。妹做事不張揚，疫情期間，來的人也不多，同事學生，坐下來聊一下亡者，作為一種悼詞。哦，原來老二那時那麼年輕，才大學畢業，跟那群國中生差不了幾歲。哦，原來她在花蓮而我恰好回鄉，有時接電話，有舊學生來關心她，是這個憨憨來拜的男人。我倒是從來沒想過要和我國中老師問候一下。原來她年輕時是和學生打成一片的那種老師，而不是後來拿著一根棍子大喝一聲叫同學安靜下來的這種老師。

而經由學生的口述，另一個她又融入我心中的她，但是不是都是美麗誤會？所有的打造，並不會出現一個完整的她。只是這種徒勞遊戲讓我們在這段時間有稍稍的安慰，活著的叨念著死者，不知道她耳朵癢不癢？她變成坐在檯面上的那一個主角，聚光燈往她的身上打下，「The show must go on……演出必須繼續／我的心正在破碎／我的妝容可能會脫落／但我的笑容依然存在／我的靈魂被描繪成蝴蝶的翅膀」。我突然想起Queen這首歌，壯麗的歌曲不像我家老二。為什麼我會想起呢？像小時候玩的捉迷藏，你數到一百，那人躲起來，誰知道呢，你就是找不到他，你說我不玩了，他仍靜默，你嚎哭，不是因爲他不在，而是你發現這遊戲並不照著你所想的劇本走，你被騙，即使不玩都不行。而他，是再也不回應。

這天來的是同事，約了三點鐘，有的由花蓮來，有的在新竹娘家，三個人趕車過來，炎炎夏日，她們頂著火陽一身汗，我們在飄揚了幾日幾夜的佛樂、有著冷冷空調的客廳接待她們仨。在小佛堂有她放大的大頭照，俐落短髮，微微笑，那是我們三個還在的姊妹兄弟找了半天、在其中三張挑選出來的，點了迴香，說是不能斷，晚上要記得換。裊裊升起那香塵，一直徘徊在這屋子裡，臨時搭成的小桌，以黃色的緞布覆蓋她的名牌。正中央後面是觀世音菩薩、阿彌陀佛、南無大勢至菩薩。兩支粉紅蓮花燈在兩側，一盆小黃蘭花在右邊。佛力超薦某某某往生蓮位，陽上親友拜薦。每天要供奉三餐和水果。三份菜一碗飯，兩份生果。

其實不難，但不想在市場買現成齋菜，吃新鮮現煮的比較好，而她在離人世間前兩年，其實都已無法進食，只每四小時打營養奶維持。前年大年夜，還是要團年吃飯，叫她，她由房間走出來，看了看菜色，都是例牌的台灣過年飯菜，蝦魚長年菜帶子（干貝）新鮮土雞，她仙人一般，聞過了，就算吃，再緩緩走回房間，等著她的時間打奶。一臉林老師式的酷樣，像在午睡時間巡學生。

敬如在，祭如在，我們被留下的，只有回想到再多幾年前，她想吃什麼喜歡吃什麼，最主要她想喝什麼。食道病人永遠覺得口乾口渴，我們往返的 Line 訊息有一大半是我網上找的冬瓜茶檸檬冬瓜茶愛玉，一堆擺得美美的冷飲。對我來說，想喝就喝，但她寫著，親愛的姊姊，可以幫我找一個檸檬冬瓜茶相片嗎？我想看看解渴。

我一面滑手機，心中苦楚。我們姊妹倆站在手搖冰攤位前，點著自己愛喝的飲料，波霸粉圓加布丁奶茶，我一直想喝幸福堂的芋頭鮮奶，老虎堂的黑糖珍珠奶茶，天仁的冰綠茶不加糖。她呢，老是檸檬、冬瓜、愛玉、仙草、百香果，像個老人家。那些過甜加料的飲料，我們也不敢多喝。只是現在，我經過這些攤檔，會駐足抬頭看一下有沒有檸檬冬瓜茶。有，我也不會買的，只是那一恍惚，以為旁邊還站著一個人。我離開時，哦，記起她說過，大多是在五十嵐買飲料。那到處可見的五十嵐，我現在要找卻找不到。

她供桌上有老三剛做的蛋捲，裕珍香的甜點，我們那段時間吃什麼，她有一份，迴香裊升形成一種美麗煙柱，往上再往上。我希望你帶走所有的回憶，留下這兩年的苦痛，我每每拈香，心中總有好多話說，但最後，總是講一樣的話：吃飯了，今天有茄子和青江菜哦。

同事先拜。一個帶來一大束花和一封信，宜小姐則是專登先到 7-11 買了一杯西西里風檸檬氣泡咖啡，加冰大杯。酸酸的檸檬汁加在咖啡裡，在這個暑日再清涼不過了。我家這個是連喝個咖啡都去 Haagen Dazs 點咖啡二重奏的人，一杯雪糕旁邊再一杯咖啡，倒入咖啡，一半火焰一半海洋，很苦也很甜。這些怪奇的東西，她都甘之如飴，而我永遠順民般，一杯黑咖啡，不變心。要吃冰淇淋另外點就好了，幹麼放咖啡裡。

她三人拜完哭完，再幫忙摺紙蓮花座。這種傳說很美，蓮花化生，紙蓮花燒化亡者往生西方極樂世界。蓮花座是觀世音菩薩座下法器，亡者可以乘坐觀音借給我們的蓮花座往向西方。宜小姐說，三個月前她母親過世，一家子在靈堂什麼事都做不了，就是摺蓮花座，上品九朵中品六朵下品三朵。當然要預備最好的給最親的人。她母親也和老二熟，之前在花蓮，宜小姐回新竹娘家，常常叫女兒帶些好吃的給她共享。老二剛得病時，宜小姐每個月至少一次，由花蓮或新竹到台北來看她，陪她聊天，幫她處理學校的事情，是少數老二在生病時願意見的朋友。每次她要來，老二就很開心，我們亦都感染到，像在一片片壓抑沉重的暗雲天空出現一朵白雲。往上看，你期望不要落雨，所有的喻語暗示都不會實現，那白雲才是我們要相信的。結果，宜小姐的媽媽反而比老二先走，說發現癌症時已是末期，三個月就走了。老二反要安慰她的好朋友，擔心伯母獨居時養的那隻花胖貓沒人照顧，那病容下仍有人世間的種種擔心，而所有的不由自主的人事，如雪花般飄落，你揮了又來，最後，靜靜的，讓它覆蓋全身。低聲說一句髒話，抵抗控訴，像一個被委屈被錯判的冤獄者，像一個被奪走被迫害的無辜者。但你其實知道，最不能申辯的無法抗拒的，就是那一直前行的命運，既不能說抱歉而你也無法原諒。吹笛子的小丑，在前，我們在後。

一疊蓮花紙，黃底紅字，中心是往生咒和六道解脫咒輪，蓮花瓣上則是西方極樂世界六字。求願不同有不一花紙，宜小姐拿著一條紅色長繩，先穿三十六張底座紙，再加上一百零八張，摺一朵紙蓮花，迅速地一上一下摺齊再張開，就是一朵黃澄澄的蓮花，再來蓮花座。我一步步學著。民俗真是解人，一群人可以坐著打麻將，也可以坐下一起摺蓮花，摺著摺著，許多往事就出來了，說「她真懂得穿衣服，是學校老師裡最懂穿得自在好看那種」。是那種開朗大方的風格，比雷夫羅蘭（Ralph Lauren）更輕鬆，是日系傾向，日本教人穿衣搭配那些流行雜誌，她家裡有好幾本，寬鬆的棉衣無領，格子碎花單色，一向穿長褲，牛仔棉麻。可是我們見她卻總是牛仔褲，穿到爛的運動鞋，那個灰色背包，拉鍊壞了還拿去修。她每次上台北和老三購物，豪爽地一件兩件，大包小包，我就心中暗羨，單身女子真是好啊。

上次回花蓮，我們特地到她常買的服裝店，這品牌我們買了幾十年，由年輕穿到老，她們兩姊妹是老顧客，一開門進去，馬上認出：林老師呢，好久沒見她了？老三想一代老二告別，一一告知，那時走得太匆促，她常去的幾家餐廳、相鋪、買東西的、借小說漫畫的、捐款的、要交代的人與事，幾十年累積下來，不少。宜小姐是她在花蓮同事兼好友，我們家人未能參與的，其實占她生活中大部分的時間。工作休閒吃食健身學習購買，在花蓮發生的，我們在遙遠的他方想像著，她平日到底一日三餐放什麼入肚？怎樣的生活讓她由健康變成生病？宜小姐有時說了她的笑事。而我們呆笑，啊，有這種事。現在流行說存在，像我妹這樣的存在，原來像水杯裡的水，隔著不同角度光線，折射著不一樣的顏色與質感，即便是普通人，淡如水，但那獨特的反光，都閃閃發亮。

另一個朋友H寫了一封信，在她靈前說著哭著，我們在客廳繼續摺紙，繼續聊天，那是他們兩人的事，他們去說。

像一個明知自己在作夢的人，不管夢中有繁花似錦，所有親愛的親人朋友都參加這個盛筵，眾人笑語盈盈，舉杯互祝，你想念的過去與現在那些人，來到夢境，都齊齊整整，好不歡樂。但不是真的，你心裡想，這是夢。那麼美好完整的畫面，你悲傷的，如霧亦如電。不是真的，你甚至在夢中開心不起來。因為就要醒，而夢那麼真，怎麼就不是真呢？

宜小姐在半年之內，失去一母親一好友，她再不用奔波在花蓮新竹台北，拿幾個玉蘭花，或伯母做的小菜，在午後時光，坐在床邊陪著她，有一句沒一句地聊，我在客廳，門窗外有一棵櫻樹，幾個新出花苞。我們一開始也是很有希望的，不是嗎？哪一個環節錯了或疏忽了，就變成這樣，那長時間的磨折，連個機會也不給。我常常怨懟，嗔怒，沒有對象，亦無能找到對象。詩人說，「然而人類天生憂傷，就順其自然吧，那也不是什麼壞事」。

那時，老二走出來送她的好友宜小姐，在門口的背影，依然挺直。她揮揮手道別，等待下一次的見面，我看著她們兩個，突然希望她不要回頭，不回頭。

病中歲月

辛波絲卡有一首詩〈頌讚我妹妹〉，說她感到安心安全，因為妹妹和家人都不寫詩，但「我妹妹練就一種得體的白話散文，她全部的文學產品都在度假的明信片上，年年許諾同樣的事物，當她回來時，她將告訴我們，每一樣東西，每一樣東西，每一樣東西」。我妹也不寫詩，但她的小記事本上也寫著密密麻麻的日記，那字體我又要頌讚一次了。她走後，我們整理她在台灣的舊物，有些衣物，新的舊的，送給照顧她的菲律賓女孩，謝謝她在最後這一年的幫忙。我們把老二由花蓮帶上台北，原來都已兩年半，這期間一家人高低起伏的心情變化，像一場長征，我們一起上路，但最後回來卻少一人。過山過河都以為前面應有好風如水的風景在等著，結果並不。

在台北，老三把房間讓給老二，落地窗外有牆面，小而狹長的花園有時種著秋葵，有時掛著蘭花，轉過去有株櫻花，老二身體還好那時候，就拍些小園的花草，我們在群組讚歎。我老是在遠方，她們兩姊妹相依為命，還有弟一家。有兄弟姊妹一起，不算孤單，但也孤單，病這東西，誰也替代不了。老二病來，從不落淚，也不軟弱，再怎麼不舒服，也是尋常的嗆一兩句，硬崩崩的口氣，不哭不鬧不控訴，我都覺得可怕。她的學生寫了一封致意卡，上面簽了全班的同學名字和字句，要是我，早就激動流淚自傷自憐。她不，拿起筆回學生的信，坐在那裡像改考卷一樣，肅穆莊嚴。

她唯一會撒嬌的對象是老三，有時候加班晚回，她就要問：為什麼還不回來？今天幾點回來？親疏有別，老三像是她前世的愛人親人，細心照料，冬蟲夏草、花膠、營養食品，只怕她不吃，熬全隻土雞剩下的一碗雞精水，叫她皺著眉頭喝下去。燉牛肉湯，煲細綿密白粥，試了，都試了，她也又馬上反胃吐了出來。想喝氣泡水，先一箱一箱沛綠雅買回家，後來乾脆買氣泡機在家裡做，老三忙碌著，公司家庭，永遠睡不飽，偶爾打電話來發個牢騷，掛了電話，仍做該做的事。一樣不缺。

在老二發病第一年，她有一天打來，說，我身體檢查，肺有個小東西，要手術。叫我別回台北，回來隔離，手術都做完了，回去又隔離，太麻煩。羅東阿姨會過來幫忙。一切都安排妥當，別擔心。

又一個中槍。家中第四個被宣告，我住在十一樓的學生舍監宿舍，往下看地面如螻蟻的學生趕著去上課，由各棟大廈出來，下面的圓環種植花草，年輕穩健的步伐，衝著去追他們的未來，緊綳的皮膚挺健的體格，宣稱時間站在他們那一邊。是一個朝氣蓬勃的早晨，只是，我站在時間的另一邊，我害怕有人被遺棄在更遠的地方，像忘記回家的孩子，沒有人記得，他們就消失了。

對於現在，我沒什麼怨言，可能發生的事情，在排隊等候，不管好的壞的，由不得你作主，如果先不要想因果，那我們就只能想無常。如果你自認是佛教徒，首先就要把四法印四聖諦植入你心裡，雖然你仍會震驚受傷，但是，證悟先知者慈悲俯瞰，低語：不是這樣嗎？在你麻木平庸的日子裡，不是早潛藏著這些必然發生的事，那些偈語不是拿來嚇你的，它早就在那裡。我受用，但我亦望身邊人皆受用。傷悲疑憤還在，但我在這大陽光下，看著一棟棟建築，出入的人和車，生活如常，樓下一個印度學生放的歡愉音樂傳到這裡來，我們不應撼動平靜的世界，個人的事個人處理。飛機在雲上劃下一道痕跡，很快會消滅。老三的聲音還留在耳邊，嗡嗡嗡，諸漏皆苦。我的貓跳上床，看著我，所有依戀不捨將被試探，我們一定要記得，最好的都在渡河之時發生，而若尋永恆若尋美好，皆是枉然，尤其在我這年紀，幾乎只想祈願，如常，一切如常，不高不低。我撼動不了這世界，只是世界常翻轉我，昏眩疑惑。

接著，又是收到傳來的照片，又是在病房病床上的姊妹老三，怎麼輪迴都竟然同一景象。臉都皺在一起了，痛吧，阿姨說燉了雞湯，給她補一補。在家裡也擔心的老二，我要先打電話給她叫她放心。病著的人擔心病著的人，同病相憐嗎？我真想說一聲粗話來回應世界。爛俗的劇本與文字，我們像一組被不同觀看者所詮釋的照片，所有的照片都靜候被文字解釋或扭曲，可是在旁觀他人的痛苦之時，絕不能不假思索地把「我們」這個主題視為理所當然。桑塔格這樣說。

是什麼把我和她們捆綁在一起，而成為「我們」？或在疾病面前，我並無資格被畫進去，我只是在那條線外的啦啦隊，跳輕快的舞步，穿著彩衣，高喊加油加油。有什麼用呢？自作自受，若無作亦自受？許多問題提出，沒有標準答案。只不過要略過，再下一題，而老實說，我也不是要來死纏爛打求解釋的。因為明白，不管橫眉或俯首，這世界都不會回應。我不再投擲石頭，也不望卦打救，企求回音。

隔著十萬八千里，看著老三漸漸好起來，出院。這個疫情無止境延續，沒完沒了地把親人朋友隔離，只能隔著小小電話屏幕，看到不完全的，支離破碎的部分要我自己來補充。例如她一小時之後要吃藥，兩小時要試著走五百公尺。不在身邊的人，常以為自己如果在，會有很大的不同，但最後，原來不是在不在場，而是在不在意，但在意又如何。朋友的父親意外住院，她在香港和父親視訊，看他跌傷了頭，老人家還叫家人不要告訴她，她哭腫了眼。「奇怪，若是自己受傷，都沒像我老父意外那麼傷心震動，寧願把他的痛苦給我，我受得了，老人家未必啊。」她的寧願，在許多燈火處下若有苦痛受傷的人，若有一些在意的人，就如金剛箍咒，他們煩惱苦楚，你亦不能自拔。又是桑塔格說的，「所謂集體回憶並非一種回憶，而是某種約定。那約定很重要很特別，只有參與的人才如取得入場券一樣，可以坐下來一同緬懷過去，並因而取暖。」

而其中，家庭的回憶太深遠，以致我們即便忘了現在也忘不了過去，不管經歷被愛被拋棄，經歷幸福不快樂，過去總會造訪，所以我總會突然想到，隔空問：三年前我們在日月潭住的賓館是哪裡？那張在大堂的合照放在我房間的架上，我每天都看到，但就不記得它的名字，而只有少數人可以回答我，那集體記憶的我們。照片的人若都不在，我找誰問去？

實虛像一團待揉搓的麵粉，我要怎麼樣的形狀，最後出現怎樣的記憶？去者日以疏，來者日以親，我只是被留下來的人，要繼續活著的人，我要把走的人都當他們去了遠方，沒那麼難，只要一而再地說再見，你就會習慣。有時看著遠方，彷彿那裡會有你將啟渡的彼岸，有想見的人和好看的風景，並永恆凝固不因任何因素而改變的狀態。眺望著，如他們真實存在。

老三恢復得很快，不到兩星期就去上班，回到原位。但老二還是要和病魔搏鬥，那搏擊台上，瘦弱的身軀不合比例地看著猙獰的對手，如何揮拳，而坐在台下的觀眾徒然大喊加油，有時，真像殘酷現實劇。

一個早晨，她又因咳個不停而起來緩一緩氣，我走出房門看她。「又睡不到？」她在未開燈的客廳，背微微佝著，不到五十公斤的人，如此細小纖弱，七樓養的幾隻鷓鴣呱呱叫著，她喘著氣，坐了下來。我們在透著晨光的客廳，默默無言，窗外的那株櫻花還是崢嶸枯枝，未到開花的時候，我去倒了杯溫水給她，她欲言又止。家人都還睡著，孤獨生孤獨病孤獨死，她知道我也知道，可以替代的只有這清晨時刻將亮未亮的時刻，我們的心意，彼此的陪伴。她叫我進房睡，她等一下就回房休息。那無話可說的尷尬，那我說不出口的加油，像一句髒話，梗在我喉頭，再吞下去。人生就有那些時刻，你嘴巴的苦滋味，令你一直反胃反胃，想把所有的事情都嘔出來，所有。

第一次化療，我們還抱著樂觀的心情那時候，有一個年輕爆炸頭的漂亮小姐，都是星期四同時段也來化療，沒親友陪同一個人，瀟灑地走進來，換好藍色布袍，等著叫號。那位小姐好嗎？那個年輕一身黑的男士好嗎？那由女兒陪伴，兩人老是輕聲細語聊天的母親好嗎？放射治療室的門開了又關，那麼多的病人，那麼多的未知與恐懼，有的就在這房間，癌細胞被殺死，戰爭凱旋歸來；有些則沒那麼幸運，要來這裡好幾回。還有化療呢，總要預一個早上或下午的時間，一排座椅等著的都是懨懨的人，以毒攻毒他們說。辛苦了，這道場裡的眾生就是來受苦受痛的。那對夫妻，見過好多次，雖沒點頭打招呼，也彼此以眼神示意。都是同路人，有的喜歡搭話，將自己病情攤開也好奇對方的問題，老二不喜歡，總是微微笑，含糊帶過。其實就是那個人想說，想要理解，想要一個在同一陣線的鼓勵。我們都知，桑塔格都說了，「疾病是一種麻煩的公民身分，我們都可能會有健康王國或疾病王國的雙重身分。儘管我們只樂於使用健康王國的護照，但或遲或早，至少會有那麼一段時間，每個人都被迫承認自己也是另一個王國的公民」。

我們標籤被換，護照取消，走到另一個國度，像被判刑，而不知何時可回到健康王國的二等公民。這時候，那些敷著石膏躺在床上，石膏上朋友簽名畫押，一臉無聊滑手機的病人，是多麼美好充滿希望的畫面，他們不必擔心被送到這裡而回歸無期。那是一個晴朗有鳥兒鳴叫的早晨，和一個濕冷下著雨的冬夜的分別，是一個望生而一個向死的分別。

我在等著親人，她著寬鬆無釦的長袍，她躺在平板上而龐大機器在上面通過，強光輾過她的身體。我們心所借住愛所迷惑慾所拉扯的身體，不管意志如何強大，身體皆悄悄地叛變，以一種空氣般自然的異化，你發現不到，又怎麼預防呢？那麼狡猾，一個不小心，就可能是躺在上面那個人。電視機放著新聞，那時我們還是可以不戴口罩、不用防備地坐在一個個鋼椅連成的長椅上，穩固的生活秩序井然呈現，還未慌亂。電視的畫面跑馬燈的變化，而我已經轉了多少念頭？那時和媽媽在林口長庚醫院，我亦常有這樣放空等待的時候。天陰天晴，冷冬熱夏，我像回到那個久違故鄉，我仍是青澀少年，那是年輕的家庭，未知病痛何況生死，煩惱的重量未加入生離死別，勞煩病苦，真輕快。

到了現在，也還好，因為那漸行漸重的包袱，是隨著時間如一塊塊加上的秤砣，習慣背負，我可以巧妙地用詩來開解。

谷川俊太郎，〈春的臨終〉：

我把活著喜歡過了
先去睡吧小鳥們
我把活著喜歡過了

因為遠處有呼喚我的東西
我把悲傷喜歡過了
可以睡覺了喔孩子們
我把悲傷喜歡過了

我把笑喜歡過了
像穿破的舊鞋子
我把等待也喜歡過了

像過去的偶人

給我打開窗！然後
讓我聽聽是誰在怒吼
是的
因為我把惱怒喜歡過了

晚安小鳥兒們
我把活著喜歡過了
早晨　我把洗臉也喜歡過了　我

（《谷川俊太郎詩歌總集》，田原編譯，江蘇鳳凰文藝出版社）

人身暇滿

　　那天是動手術的日子。還未有肺炎疫情，臺大醫院旁邊的木棉花開著，掉落一地紅花，舊院和新院隔著一條中山南路，如果開車，就經兒童醫院轉進來到大門口下車，不然就由臺大醫院站上來，由舊區走向新院。那紅綠燈前，總有滿滿的人潮在兩方，怎麼到醫院的人那麼多啊。嘟嘟的聲音彷若警告，我站在這一方，看到對面的褚黃大樓，長方形的格子積木設計，一個個窗格，不像舊院古色古香，有庭園綠地。但看病或陪病的人，大抵都不太在意是什麼樣的建築風格。病著的人，要抵抗身體裡進駐的入侵者，像戰區，那裡頭的風景，陰暗廢墟，有東西一一塌陷，那掉落下來的如石塊般的聲音，壕洞沾著血，一滴一滴滴，如鐘擺，提醒著病人，滴答滴答，像紅綠燈前響示著，時間就要來。我在白花花的太陽下，聽著時間就要去，嘟嘟，滴答，你過還是不過，滴答滴答滴滴答。

　　我們常去新院五樓六樓，住院、手術、檢查都在新院，要去門診就得去舊院。去得熟了，地下那個用餐區哪家素食、拉麵、芋圓或麵包好不好吃都試過，每天早上的小七美式不加糖咖啡就沒得挑剔，但也好喝。人很多，病人、家屬、職員、醫生護士，這一層像是置放在脫離現實的建築下另闢的人間世。像諾蘭的電影《全面啟動》，那在夢境之中所建構的，可以翻轉如真實幻的建築和感受。盜夢人潛入夢之迷宮，愈深入，時間就變慢，而在夢中死亡，你就會醒來。那整棟建築都是夢境，你不用擔心不用怕，只要你再上一層樓，那肅清的氛圍像換置所有的身分和心情，轉一個盤，搖一下陀螺般的圖騰，你就夢醒。沒事。

所以我總是想個理由，下去買杯咖啡，買個麵包，先在那煙火氣的人間深吸一口氣，再上去那連空氣都稀薄無力極度安靜的六〇八號房。只有外面年輕的護士像扮演一個奇特的角色，玩「我看不見、我看不見」的遊戲，對病房內所有的病痛與擔憂無感，聽到一個笑話笑得掩嘴，一說到哪家好吃的，熱烈討論起來了。也好，別像我們一副天塌下來，一副沒人疼沒人關心的苦瓜臉，把醫生護士有時當假想敵，有時當救世主，在醫院外面理性冷靜的高端思考，用不到這被分隔的區域。眼見身邊病人那皺起眉頭，那受苦面容的折騰，你想著，身軀和靈魂，我們靠著的這個狡猾的皮囊，不管如何善待照顧，它都會反撲反噬，在你自以為感覺良好，生活甜美之時。那吊在她肚皮劃穿了一個洞的胃灌輸著的牛奶，像日本人老愛用的詞語「一魂」，一魂繫命。在她淺淺深深的呼吸，在她強烈的咳嗽中，在她睜開眼說嘴巴好乾那一刻流竄著。去年夏，我們還在泰國大城古廟，包車由曼谷到那小城，我們在臥佛前面雙手合十拍照，模仿跪在地虔誠祈禱的石雕，在園裡青森的台面一人坐一個趺坐扮入定。是遊客指定動作。在黃昏市場看到什麼都想買來嘗嘗，一樣是她們兩人阻止了我。做平凡的遊客，講價被騙，而平凡的遊客的定義是，你不管心傷身傷，你百分百只是想到此一遊，像孫猴子悟空，飛到做個印記，而不管這趟旅程給予開不開心回憶，那不過眾多相簿其中一本。但，這最後一次的國外家族旅行，為什麼平常老二會精心設計的相簿本，並沒有呢？是不是她已感到身體的問題而不說出來，而我們亦沒察覺呢？而在醞釀這無法倒退的惡細胞那段時間，我們是陪伴著將病的她，若有一先知在靜靜觀看，如一場電影，如一齣劇，我們這些不知結局的人，還興高采烈、無知無覺地上演著已然必然的未來？那全知遍然如水晶球之顯見，抑或像彈珠投擲所有當下磕撞是什麼就算的眾多結局，哪是我們可以決定的。我們一直一直找尋因果，必有一套可代入的模式吧？我們坐在病床旁，小小房間，隔床的女人只是初期肺腺癌，她的同事們來探視，嘻哈著，老二又覺得吵了，皺著眉頭。我們妒忌吧，好像賽跑，一定要分出勝負似的，而窗外的雲朵和樹並不加入戰場。我們不妒忌他們，只是生著自己的氣，為什麼，為什麼，偏執的提問，無解的答案。經歷父母，再來她，伐木人砍著樹，那鋸樹的嗤嗤聲一直在提醒著，最後大叫：Timber。樹倒下，我們要小心，不讓樹倒，不要讓那聲音嚇到。

推她進手術房前，我們也是充滿信心，醫生是食道權威，可以抓到的最後一根稻草。既然是四期，先做電療再手術再化療，步驟一個個來。臺大醫院問診室永遠排著一大長龍，世間八苦，都攪拌在一起成一杯嚥不下的苦汁。門診室開了又關，人進了又出，螢幕的燈號變化著，你想知道什麼是苦，到這裡來就看見並體會。幸而多數的人都不往那邊想，像去市場買菜或餐廳等叫號一樣日常，不以物喜不以己悲，情緒是不好亂丟出來的，我們要像過平常日子一樣過病痛生活，大家都做得很好，旁邊的太太還繼續跟她兒子抱怨媳婦不懂帶小孩，而對面陪祖母看病的年輕男孩兀自滑手機，不理阿媽的叨念。

後來我知道門診的病人幸福多了。他們多數和醫生見見拿到藥，就能回家。只有少數被判要手術的，才是要過五關斬六將的戰士。怪不得說小病是福呢，許多琅琅上口的老爛金句，都笑嘻嘻地看著你，別鐵齒，別白眼，人生智慧嘛，就是那麼俗爛，你別不信。

輪到我們進去，醫生簡單解釋，定好手術時間，我還是要無知無助地問：那成功的機率有多少？醫生大概聽過無數這個渴盼的聲音發出的訊息，他定定地說，要看手術哦。完。

無人會給你確切的答案，但醫生既然願意做手術，就是好預兆吧。馬克白那個在迷霧森林出現的女巫，吐出的似是而非的預告，馬克白為什麼要相信並像催眠似的去執行，而失去朋友一切生命，在宮殿中吶喊瘋癲了呢？是預言帶領他走向命運，還是他心所向而中了命運的蠱？我們出來，通道依然擠滿了人，等著護士小姐出來，安排時間、藥物、注意事項，她熟練地說得好快，我們好緊張，深怕錯失一句，就慘了。而其實所有都在那一疊紙上。你回家要慢慢看。

舊院窗外有小庭園，是日式風情的小湖和綠草，那女巫去了哪裡呢？那馬克白夫人懊不懊悔做的決定呢？那永遠洗不乾淨的雙手和喃喃自語，是過去壓下來如石塊的懊悔不已。還是要做手術吧，我們沒有否決，這是正常作法，與人無尤。只有一小個鬼火般的陰影，在心底很深處搖晃著，升起落下。幾隻蝴蝶在小湖旁的大白花飛舞，梁山伯祝英台，我丟出太多聯想，再和一旁的姊妹說：我們先去付費，再拿藥。無人知曉我已經繞過幾個生死的故事，而平靜地正安排現在的未來。

可以的話，我想告訴你，可以化蝶可以化羽。可以飛翔的寓言，是對肉身的無視，但這並不足以說服你和我，因我們還困在這身體裡面，它像一個王，我們小心翼翼地呵護它，令其保用期愈長愈好，除非它拋棄我們，我們不能離捨它。身體和意志二元對峙著，若你不服輸，我們亦長陪伴。

早上你被推進手術房，家屬坐在外面等，說至少要五個小時，又是螢幕上像跑馬燈的標示著病人名字、編號、醫生名、手術中或已結束。幾排座位幾乎坐滿，有人等著睡著了，密閉的空間只有一個小窗，在飲水機旁。有一兩隻鴿子飛來，啄著啄著又走了，真自由，牠會飛到哪裡？我在這空間走來走去，像困獸。等待的家屬都累了，但神經線卻拉緊著，自動門一開，護士叫名，病人做完手術現在恢復室哦，家屬都等著被叫名，衝到門前看一下自己人，匆匆穿越到另一個房間，麻醉藥還沒退，昏迷的人都無知覺，但看一眼的家人心情激動。

後面座位的女人正在打電話，「做了矣，這馬佇恢復室，等咧就送去病房，你下暗再過來，予我帶一條圍巾，掛佇進門的所在」。應該跟女兒說電話。很溫柔的聲音。手術中，我家老二還在手術中，那紅燈閃爍著，轉著，變化著。裡面的人戴著呼吸器，麻醉無覺，這時的身軀如在砧板上。這身驅我熟悉，那嘴角上唇的小痣，深深的雙眼皮，濃密的頭髮，細緻的皮膚，笑起來有陽光進來，在看書低垂的頭，那一條髮線是三七分。明明這身，堅固耐用，如實無誤，怎麼天地變色，不仁不常？

維摩詰以身為疾，廣為說法，他說：「諸仁者，是身無常、無彊、無力、無堅，速朽之法，不可信也。為苦，為惱，眾病所集。是身如聚沫，如泡，如焰，如芭蕉，是身如幻，如影，如夢，如響，如浮雲如電如火，是空聚，是虛偽。」

而明明是虛偽人身，明明我之為我，是由那撲通聲的一顆心所創造，不是嗎？我敲一敲，它回應，以最悲最虛之迴響。

出來了，護士小姐叫名，但我不在場，我走到同棟大樓的另一邊，再走回來，老三打電話找我，我必須一直走路，才能舒緩。我們等你回復意識，醫生叫我們進去，他還穿著綠色的手術袍，拿著剛割下來的佈滿惡細胞的食道，那本來在她體內健康存在的器官，助她長成營運的東西。我們要切割的豈只是不再相同理念的朋友、虐待你的家人、於你有害的生活，連身體，都可以重建再來。醫生用尺量了幾公分：現在食道變得很短，要再慢慢適應，進食要少量，手術是成功的，就看之後的情況了。

第一階段暫時我們通過。我們每一晚念誦藥師經，薄伽梵向曼殊室利法王子說藥師琉璃光如來的十二大願。願諸有情，在世間皆無有病苦。人身無憂。我亦祈求，每每遇親人朋友病中，我都要祈要誦，不要問我有沒有用，破無明觳竭煩惱河。我是祈願亦非祈願。那古老的經書是一個引子，是在世俗要做的，但我信它會引我入一個全然無懼的狀態，八苦不再八法無視，或生厭離。但在千萬劫之現在，我只有看著她，如一個木乃伊一樣，上下都插著管子，身體的液汁透過管子流出，而袋子中的牛奶又透過管子流入，血壓器心律機，又像一個機器人。她閉著眼睛，我穿著隔離服，加護病房很安靜，只有機器運轉規律的聲響，裡面又是另一個世界。二十四小時開著的亮晃晃的燈和儀器，這裡沒有白天黑夜，我們只能在規定時間規定人數進來看著貼著無數抗壓帶白沉沉一片的她。我家老二嗎？不是我們在倫敦攝政公園、在大樹下拿著樹葉逗著睡著了的老三，我拍下那照片的那頑皮的人？不是我們在登合歡山頂，一家子跳躍被拍下照片笑得好開心那個人？不是每每逛街走路，她們兩姊妹勾著手指在前面走著聊著的那一個人？

我把手伸入棉被下，摸摸她的身體，八無暇之人身，如今暫時停住，要先一步一步努力回復原狀，那氧氣罩噴出的氣霧，如一縷輕煙，直上天庭。我再握住她的手，她醒來的時候，我們應該不在身邊，但我現在告訴你，我願無窮，皆因汝故。只要你在，我們在。

二〇二〇年的春節

老二是在一九年一月開始上來台北的。之間，我來去香港台北幾次。冬春夏秋，看到葉片落、春芽生。有時我拉著一個皮箱，有時直接就叫車到醫院，有時一人坐著巴士看著高樓或鐵皮屋頂交錯的風景，招牌上的廣告，穿梭高速公路上的小車大車。回台北從來沒有那麼累。之前總是期待和開心的，約著去高雄看小黃鴨，在酒店從下面看大家搶著拍照。有時候快車到台南喫一頓又一頓的小吃，不然就乾脆回老家花蓮，開車過雪隧，停在每一次都停的休息站，吃個雪糕上個廁所再上路。我忘記我們旅途中都在談論些什麼，看著什麼樣的風景。一旦事情不能回溯，一旦雲彩又隨著風變換不同的形狀，我們還留著什麼？

我們家最後一次的泰國之旅，到瑪哈泰寺，那神祕的佛像隱藏在一棵大樹之中，我們特地蹲下坐著看樹和佛。那是緬甸入侵時被切下的佛頭之一，丟棄在大樹下，又過了許久，樹根纏繞佛頭而樹佛二者成一，那隱匿的微笑永遠留存在樹根藤蔓保護的佛地。他們稱之永遠的微笑。

有一個人在等著我，她進出醫院成一種平凡日常。沒完沒了的再化療再治療。我們在這裡在那裡陪伴她，她熟悉所有路線和時間，還會提醒我們，但我期待的是快逃離，而不是熟悉。她的身體再不能恢復原狀，但她若再好一點，我就要像王子帶著公主，讓她不要再拖著疲累的身軀，看似堅強地在病床上望著窗外的天空，不知道她心裡在想什麼。但怎麼會不知道？被病體綁架的靈魂，想像窗邊那小麻雀一樣吱喳飛翔，想從容安詳地在林蔭大道上像個隱形人走路，沒人理你多看你一眼，因為你健康又平凡。

而我以為那已經是滿慘的，但是二〇年春節過年，病毒來了，全世界翻轉又翻轉，恐慌驚懼無助。那最後一次和老二過的新年，本來以為如常，我回港再過一個多月要再回台。雖然箱子裡已放了不少口罩消毒藥水，雖然新聞報導在武漢情勢愈來愈嚴重，但經歷過沙士（SARS）大家都有經驗了吧。人類不是萬物之靈？又過了這麼多年，醫藥科學不是更進步？原來都是誤解，所有新的考驗都再把人類打回牙牙學語的原型。像不止的輪迴，像老鼠的迷宮，看到無知無助慌張的受苦者，就是看著自己。

所以疫情來了，人類再不能自由移動遷徙。買一張機場，曼谷三天日本五日巴黎七天，在飛機百無聊賴看一部又一部電影，吃不怎麼樣的飛機餐，但下機等著的是異國各式各樣的美食；想著這次哩數又增加，下次可兌換一張短程機票，呆看甚至沒有雲彩的天空，穩定的飛翔讓你到達彼方。怎麼可以一年不出門兩三次，長程短途，把蒼白的生活變成波洛克的噴畫？你不知道什麼等著你，但你知道一定很精采。原來這樣的自由，都要代價。要來回七天十天甚或二十一天的隔離酒店或家居，要自閉自困而你別想越獄，否則你就會像巴比龍被送往惡魔島。

那山崖峭壁只有海浪衝撞石板的嘩嘩聲，我們一再努力回想，從前是怎樣的自由，但真對不起，所有失去的，你都追不回。那時候的快樂自由舒暢的日子，你連想像都如一個失智老人，破碎片斷扭曲組合變形記憶。那些記憶，都不算。不能算。

但我還是要努力回想，那年的春節，在跨入二〇二〇年的那個除夕，我往常地到市場，包了紅包，吃了團圓飯，但那時老二已不能和我們一樣，在廚房聽候老三的指揮，洗菜拿碗盤，然後大家齊齊整整地吃頓年夜飯。那時已隱隱覺得，有更大的惶然不安在靠近？如一隻安靜的年獸。不敲鑼打鼓，不喜氣洋洋。那片黑雲突然湧現，雨勢龐大。但一九年我們已經很累，不知道這是不是長期抗戰，不知有沒有好消息在前面等著我們。不知道原來沒有更壞只有最壞。

小時候，我們孩子玩遊戲，在床上用雙腳頂著對方雙腳，看誰縮腳就輸了。我永遠輸給老二，她太堅持好強，本來是遊戲，結果最後都打架收場。我哭哭啼啼，但年長過她，卻打輸，從來都是小的哭訴，我還愛面子，只能眼淚吞肚。不過見識了我家老二那不肯罷休的個性，我總以為她會撐得住。即使這次一波又一波來了又去的疫情潮，也萬幸初時台灣都平靜，除了口罩，日常生活照樣進行。我在臉書看著真羨慕，吃飯聚餐展覽電影院，口罩掛著像裝飾品，海島隔絕了大多數病毒，而老二可以來去醫院不用繁複手續、篩檢、限人探訪。這只是比較方便，但她要對抗的，是內部無止境的癌細胞流竄偷襲蔓延，像爬牆花不知不覺就佈滿她身體器官，每次拍到的那點點散落的如星星之火，炙烈她的皮膚之下那見不到觸不著底一層又一層包覆著的柔軟脆弱身軀。不繫之舟，不知要帶她到哪裡去。

像籃球比賽的垃圾時間，比數已經大大輸給對手，再怎麼打都打不贏了吧。但賽程未完鈴聲未響裁判還未吹哨子，我們不過是在等著，繼續打著。看台有我們的親友，他們還在喊加油，我們想時間快點過完，那耗費損毀的身心俱疲，等著老天爺垂憐，不要再拖下去。茫茫大霧我看不到盡頭，老二的垃圾時間，我們明天再明天再明天，都要假裝還有一絲希望，舉牌大喊，只希望她不喪志，而垃圾時間，大家都心知肚明，你以為我家老二不明白？

所以她最後來信了：大姊，你幫我找找安樂死的資料，幫我申請，好像瑞典有的。我看著訊息，她終於自己決定了。很好。你捨不得是你的事。見她撐著這幾年，每一天都不自在不舒服，咳嗽胃酸背痛發熱，半夜起床睡不著，白天昏昏沉沉醒不來，鴉片貼劑一直往上加藥。我好奇人的身體可以放入那麼多的各式藥品，兩年多來，那些東西還是殺不死的惡細胞，到底是怎麼樣黏貼在我家老二的器官而不肯離開，那麼令人絕望令人作嘔。

我回她：我知道你很辛苦，你已經很棒很堅強，兩年你都這樣捱過，你想要怎樣做我都讓你決定，雖然我捨不得你，但你要等我回來再詳談。這樣的對話，我們在兩邊隔著虛空無垠的宇宙，在穿越星河雲海忍著酸楚的悲意，說著死亡的安排。她的生日在二月，剛好都春節前後，有時買台式紅葉的或日式洋果子，有時為了侄子也買哈根達斯冰淇淋蛋糕。我家生日聚會，我在香港過，其他的人時間都很少遇到，只有空中傳情。只有老二，只要有春節過年，只要我每年回去，都會備一個蛋糕。二〇年那次也是，雖然她吃不了，亦要慶祝，她還是開開心心陪伴我們。那是她最後一個生日蛋糕？還是第二年疫情爆發，我沒回台，就不買蛋糕了呢？我要問一問老三，為什麼就不買蛋糕了呢？是老二不想再過生日了嗎？我還記得二〇年我們都想著要送什麼禮物讓她開心，之前是沒送禮物的，大家吹個蠟燭吃了蛋糕算數。有人提出要去車站前買她喜歡收集的小玩偶，家人悄悄去買。老二手術後，是沒有一天舒服的，食道割了三分之二，拉扯的胃也上升，每次要做胃鏡檢查，她都快哭出來，太難受了。那管子還沒插進去她已作嘔，好幾次都只有放棄。我們每次複診完看到要照胃鏡都心中一沉。這樣的身體，只求沒有不舒服，而不是健康活力滿滿。送禮物那天下午，她懨懨的躺在床上，侄子欽悄悄進來，拿了袋子給她，她拿出棕色小馬玩偶，笑了，那笑容有一種寬容平和，像是對小朋友的謝意，也似對這樣難堪難受的景況默默承擔的能力。我們沒有拒絕生病的能力，沒有預測未來的能力，生死兩邊一條大長線，像你掌心的紋路，這條那條生命線健康線姻緣線，摻雜在一起，就是一輩子。如果看得出來，那倒好，那紛雜不清的手紋或清楚俐落的手紋，就像我們的人生一樣，都是一種錯覺。啄木鳥沿著樹幹跳躍轉動，前後翻滾，像技術高超的藝人，以每秒十五次的頻率不停地對著樹幹敲著啄著，你看得都快昏眩了，那樣堅決地執行任務。牠的構造天生就是來做一隻不斷在樹幹和樹幹之間，用嘴啄營生做活的鳥兒，被設定在不去飛翔不太嚮往自由，營營役役的種類，即使不用預測，都知道，那一生是怎樣規畫耗損的。

那敲著木魚般的聲響，在森林中迴盪，每個啄出的樹洞，我們都可以低訴無謂的單調的心事，像被啄空了的一輩子。

那個生日禮物還放在老三臥房的架上，是應該帶回花蓮老二自己的房子裡，陪伴著她在每次旅行買下的各式玩偶水晶球，收集的小飾品小布包。只是主人已離開，燈滅人空，萬般帶不走，還有留下的理由嗎？她早在離開花蓮上台北那天，就不回頭，可誰預測這結果？誰不是像啄木鳥，不思不索，只以為專心啄著啄著，想要的就會出現。你專心治病，就可以再回到安樂窩，過平常日子。你專心啄著你的人生，敲打著堅實但原來如此不確定的人生。

臺大醫院新院有個空中花園，老二住院，精神好時，都會推著點滴架，緩緩穿過護士站、病房、走廊，我陪著；護士小姐忙著，偶爾和實習醫生聊天說笑，病房內傳出訪客大聲談著病人病情，走廊有個護工在和家人不知爭執什麼，聲音提高八度。穿過這些人間，我們走到無人的另一邊，有綠色的草紅色的花還有一個小亭，高處遠眺著台北市的中心，下面是嘈雜匆忙的車輛行人，這裡安靜得像天堂。她累了，坐下來休息，小毛巾抹著汗，她看著下面正常生活著的人們，面無表情，指著那邊一叢花，說學校也有很多，很好生養的。這樣在醫院偷來的時光和地方，我還以為我們郊遊去了。小學生都在同一天備著蘋果便當或一塊麵包，蘋果一人一個，我和低年級的她，同步走向學校，有沒有手牽手像親愛的姊妹？我有沒有照顧過她有沒有保護她？我會不會太過自私自戀而忘記她那小小身軀有跟緊我，我確保她的安全？或是我們郊遊到溫布院那條小溪旁，天氣熱得要中暑了，我們在小超市買的壽司飲料炸雞和水蜜桃，找到橋旁一個小方地，坐下，鋪滿食物，那時沒有新冠，不怕。吃著聊著，她拿起剛買的日本小紙扇子搧著，上面是汽水圖案，約莫是那時有汽水廣告促銷送的，不用錢。但小雜貨店老闆收了，放在外面的雜貨減價大盆上，五十日元。一人買一個，搧著搧著好開心。

我總是想到遠方舊時，我總覺得這個和我坐在小亭子的我妹，不是她。應該說，在我知道她被替換之後，她已經早就離開，但我們都不願承認，存有幻想。若有兩條路，一個光明一個黑暗，我們又怎能相信我們沒有選對，而讓她受苦了。

我問她，很熱哦？她再抹一下頸部的流不完的汗，說：我們走吧。回到病房，那是二〇年春節之前。之後再見，就是死別。

房子

老二一發現有病，匆匆忙忙整理了一個行李箱，就被我們帶上來台北。學校沒來得及告假，房子還以為主人黃昏就如常回家，打開燈，摁下電視新聞報導，她走到廚房打開冰箱，看看有什麼，倒了一杯水喝。今晚有瑜珈課，她乾脆到廟口吃一份三明治加花生湯？還是去中正路那家排骨麵？她先把曬了太陽的乾衣服由陽台收進來，樓下麵包店傳上來的香味應該是芋頭麵包，濃濃的奶油味和甜香，她深深吸了一口氣，人間煙火氣。她的房子和主人這樣那樣度過每個晚上，非常安詳。有一陣子她在學佛學廣論，看到房子裡有幾本相關的書，還做筆記，端正字體，我們稱作老師體。有時同事相招，去登山去氣功，活動不少，沒結婚也就不用顧先生孩子，挺好的。

房子在熱鬧的花蓮市中心，不新，但那時買下來花了一筆錢裝潢，設計師是熟人，由台北下去，討論了幾次，按她的意思把房子改造成她心目中理想家園。房間能住上好多年，而我們回老家時也隨時有個地方落腳。雖然到後來，我們回花蓮，還是要住旅館，因為她堅持客房太亂不乾淨，而她太忙沒時間整理。很奇怪吧，我們另外兩個在偷偷抱怨，搞錯，花蓮有兩間房子，還要住旅館。我們通常也就是講幾句，但誰不知道老二的性格呢？你說這樣就這樣吧，我們家包容力挺大的，不會因此吵大架，住旅館就住旅館。老三一向對人不假辭色，但對老二，是那種一邊抱怨一邊默默付出的傳統角色，所以自她拒絕我們一次後，我們回老家都要先請示她：可以住你家客房和室嗎？若不能，就積極開心找旅館，要有多舒服就多舒服，不能虧待自己。

我家老二絕對不是一個怪人。誰無癖？但我總會擔心她在學校可會格格不入？可會和人起衝突？可會被人排斥？她的正當性永遠放在第一位，那種正氣在家裡沒問題，我們很少談及曖昧灰色地帶所釋出的不確定的理念，要打開那個腦洞需要很多論辯和人生經驗。我私下以為，我妹妹之所以成為這樣的一個人，是她的選擇而非順其自然，而我亦佩服這不合時宜的作風。犬儒如我，當然亦無資格做人生導師，把這清流般的特性變成和我一樣，那混濁以為水清無魚並因此把乾淨的空氣視為不可能的任務。這種排除法省卻人生許多複雜困惑的問題，但有時候唯有這樣的執念，可以簡單解決並做對的事。但我亦心疼她會磕磕碰碰，我犬儒，故只安心做一個善解人意的大家姊，小心翼翼不挑剔出任何人生難堪難解的線頭，維持一種不深入但和諧的姊妹之情。

薩依德在《鄉關何處》最後一章說：「偶爾，我體會到自己像一束常動的水流，這些水流像一個人生命中的各項主題，在清醒時刻流動著，它們可能不合常理，可能格格不入，但至少它們流動不居，有其時有其地，形成林林總總奇怪的結合在運動，這是一種自由，我生命裡有這麼多的不和諧音，已學會偏愛不要那麼處處人地皆宜，寧取格格不入。」我想說，不和諧音也是一種音樂，你彈奏時，有一隻黃鶯飛起，大部分的人起身離開，你的聽眾，你的知音，會留到終場。我毋需擔心。

她的房子，進門有一間和室，若有一堆人來拜訪，可以睡在這裡。其實從來沒有客人。和室門對著大陽台，沒有風景，只有對面新起的大樓，她們兩姊妹還八卦地在售樓處假裝買家，問問一坪多少錢，然後老三我家精算師一句打死：太貴，不值得！

設計師小王很細心，在入門旁有放小雜物的一排木櫃，有書架延伸到客廳，那裡有她放的照片、旅行買下的小紀念品、曼谷的小佛像。菩提迦耶大覺寺那棵菩提樹飄下來的落葉，她有心，把它放到木框相架。而我的呢，因為放在外面乾燥早裂開成碎片。果然是我的妹妹細心，她這一方面就是讓人覺得井井有條，像一個精緻的上班族，會好好照顧安排妥當自己的物品、生活、身體。是啊，身體，她的抽屜裡面，不管是在廚房、主人房、書房，有著成套成套的保健食品、護膚系列……啊哈，這房子的主人好像沒什麼安全感，是怎樣的情況下，你買下足以用幾年的護膚水、吃幾年的維他命、營養保健。我們常笑老三是購物女王，原來你才是。衣櫥裡還有未剪價格標籤的大衣上衣，我心酸了一酸。房子是否也看著你帶回一箱箱同事們團購的東西，快遞你在網站訂下的東西，房子看你把這些東西拆箱，放到一個個抽屜然後可能再也不會碰。我跟妹妹說：「原來你們兩個都是購物女王。」我們應該開心，她可以這樣盡性地買東西。雖然我不知道是什麼原因讓她不斷地買不斷地摁下那個購物鍵，但那有什麼關係呢，她沒有缺少去捐錢給樂施會、幫忙貧困的同學，並做一個環保的尖兵。我在她那裡學會了環保。她怎麼樣帶著兩副環保筷，預防我這個粗心大意的大姊在外面吃飯的時候又忘記帶筷子，怎麼把所有的紙類物品收集回收，怎樣去買外賣的時候永遠帶著兩個容器不浪費兩個外賣盒。遇見不合理的事，代同事出來和校長交涉。她一個同事跟我們說：林老師在我家裡有事、找不到代課老師的時候，二話不說就幫忙。明明帶的三年級學生好多事要做。

都是平凡瑣碎的事情。但拼拼湊湊就是她了。我們熟悉的或陌生的，像一座森林，你走進去，有花草樹木的氣味，有小蝴蝶小松鼠在林中，有斜陽射入的黃金色餘光。雖然有那麼多的風光，你總是急著要穿過樹林，要到另一個地方。你讚歎那茂密的森林有那麼棒的芬多精，深深地吸一口氣，你看著濕潤的泥土長出來的美麗小野菇，和幾聲鳥兒鳴叫聲，但是你並沒有停留，你只是一直走一直走，忘記森林需要你停佇，要對話，要真誠的對話。直到出了森林，再走入另一個，好忙的人類，像愛麗絲夢遊奇境的那一隻兔子，看著他的鐘錶，一直說來不及了來不及了。現在可真的來不及了，我要問的、我要說的、我要表達的，那個森林我已遠遠拋在身後，而地圖已經遺失，我找不回讓我讚歎感動的地方。我怕已墜入黑洞，吞噬我所愛所想，一切記憶。

你還記得那部《Loving Vincent》嗎？這部動畫片裡面有一百二十五位畫家畫了六萬五千張油畫，只是為了讓梵谷再活一次。動畫片裡那經典的星空，他們居然把它變成栩栩如生的水面，在天空上旋轉著的星星波光粼粼反射著；還有梵谷回眸的那一瞬間，深邃憂愁的眼光，我們一起讚歎不已。她說她看了兩次，有DVD一定要買給她。她說：還有麥田那些烏鴉唉呀這真的是太過分了……這世界眾多如星星一樣的腦殘粉之一的感嘆。我多希望我也可以像神祕博士一樣，把梵谷帶回二〇一〇年的奧塞美術館，看看現在有多少因為他而在他的畫作前默默觀看並激動的人。

我呢，想把你和我們一家，都送到二〇〇九的夏天，往拿坡里的火車上。大家都累了，佛羅倫斯的藝術品太迷人，石板街上的 gelato 五顏六色好好吃，大衛像真身我們一致認為不過如此，因為不懂欣賞。大伙七倒八歪地睡死了，午夜的列車疾駛往未知的目的地，外面一大片的黑，偶爾停站都是小鎮，除了街燈和空蕩蕩的站台。看不懂的義大利文，我對照著站名，輕輕地念著不標準的地名，這是遙遠的異國，遙遠到我都不知道為什麼要到拿坡里而不是西西里島？至少西西里島有柯波拉的教父，有艾爾帕西諾的麥可。年輕無邪未被浸染的麥可，拿著一根竹棒無聊地揮舞，而音樂在西西里島流濫，他要遇見他的女人，而悲劇發生。沒有人有意見，家人永遠跟著我這不盡責的導遊走，迷路、穿越、找尋，他們相信我，就像提奧相信他的哥哥梵谷一樣。我想回到那個旅程，茫然迷失在一個路口，卻一點也不覺得無助恐懼。因為一大家子在一起，他們是很好的旅伴，總是不慌不忙地說著笑話，老二負責安撫全程最緊張的姊夫，弟負責看地圖，老三帶著我的小孩，我看在眼裡，想要下輩子再和他們做兄弟姊妹，一起旅行。

梵谷的〈星夜〉和〈太陽花〉放在架上，屋子變藍變黃，而你應該會放著唐．麥克林的歌吧？

房子說：主人，這個充滿你的空間，時間已凝結如一覆蓋冰晶的雪屋，你在這裡流過的眼淚，開心的笑容，你的身影你的呼吸，都沒離去。你漸漸不想進食而過了那麼久之後，你才猶豫打到慈濟去預約。我看你日益消瘦。房子聚著一股恐懼懷疑的陰影，你坐在餐桌前，平日覺得好吃的虱目魚都嚥不下去，要不要跟台北的妹妹說一下呢？會不會只是自己太敏感，過一陣子就沒事？街上有台宣傳車經過，放著糜爛的流行曲，你又聞到麵包香味了，但皺著眉頭，一個人住的大房子冷清清，主人的姊妹們在另一個房子無感地過著日子。

那麼執著的相信，一個房子承辦了所有的功能，容納提取記憶取暖炫耀長久承諾……我們一踏進去，就可以隔絕外界聲香味觸，可以如子宮裡的嬰兒，可以抵擋流散、病毒、疾病、死亡。而都是旅館的化身吧，對所有世界的旅客提供較長的租約，在裡頭有那麼多個人的物品組裝起來一個我，或承載著一家子的回憶和流動的喜悲，而忘記房子外面風暴雨雪，覺得回家真好。都不過是旅館的把戲，賓至如歸，共同體的想像，是不是太天真浪漫呢？有這樣的天真想法，才能繼續跳舞繼續歌唱，繼續扮演。

楊牧留下：「關於過去我想我們都已經參與／海水若是無情為什麼他信守承諾／從不爽約，將你身體靈魂和潮汐交叉詮釋，而且以死生相許。」關於過去，一切真實如夢，我們參與，開心快樂，房子見證。

我們回去她家收拾，書房裡許多套裝的書、漫畫書，年代久遠的遠流、洪範、志文出版社……有一部筆電和一大排的相簿，她精心挑選的每一次旅行拍下的照片，我們三姊妹各有一本，都是根據客人特別訂製。那仁愛路沖照片的相館老闆跟她說，再幾年就不做了，沒人像你要來洗照片，而且還一堆，老二遺憾地說。但她先離開，看不到關門的照相館，只有一張張照片留在相簿裡面。

主人房有碎花拼片的棉套和棉被，在美崙山上那家家具店買的裂瓷燈罩黃燈膽小花燈，她在那家店永遠可以找到她喜歡的東西。我在旁邊的花園咖啡廳喝一杯咖啡，等她們兩個購物。

房子就這樣組成了，我們回到那裡，已是兩年後。趁我還在台灣，要回去看看，本來是打算賣了的。我們進門，一切如常，每個月請人打掃兩次，不像是長期無人住的空間。我們理應動作敏捷，把該送的該丟的我們想留下來的分類打包，但是房子內有她太濃厚的味道，反而房子帶著我們來一場回憶之旅。

可愛吧，那時候未死去的林可樂林布克兩隻小狗，加上一個怕癢又愛跟小狗玩的小女孩，在照片裡招手。好吃吧，我們在東海岸南方澳的一家海鮮餐廳，一個大圓桌坐滿人，外面海水的腥味與潮汐聲，店內小炒飯香和熱鬧的人聲，我們望向鏡頭，手拿一杯芭樂汁或蘋果西打。健康吧，在森林步道專門預約規定人數，我們在微雨中踩著百年的枯枝前進，大力呼吸，因為高山缺氧。導遊周先生是很愛山林的義工，我們慢慢走，看著那高聳入雲的柏樹松樹，霧氣繚繞，提醒大家要小心別跌倒。

所有的過去我想我們都已經參與，楊牧在耳邊又悄悄地說著。

先不賣不要動吧，老三問。我們坐在老二的客廳，吃花蓮自由街搬到博愛街的包心粉圓，弟說這家才是正宗的包心粉圓，隔壁也有一家，沒這家那麼好吃。又是這種龜毛的性格，我這種不求甚解差不多小姐的人，在家裡是沒什麼地位的，是花瓶，他們老是嘲笑嬉弄。老二有時候很嚴肅對他們說，這是我們大姊請你們尊重一點。氣得我。這是我們家的相處模式。但是如果碰到重要的事情，大姊如母。有時候我們離得很遠，看到有一些吃過的東西，就拍下來。包心粉圓加紅豆、綠豆，湯圓，和挫冰。我們走到巷口裡，有一隻花貓警戒地看著我們，後來也不理睬，逕自在刷牠的毛。城市有太熟悉的味道，我們的食物地圖加加減減，我們照片上舉杯的人也加加減減，有的人不得不離去有的人自願走開，我想只有房子知道，沒有主人的地方，即使我們一直捨不得，終究還是要放掉。那是連自己都無法做主的事。

房子想，其實我是你們暫居之所，其實我亦要學著，不介入，不再觀察，不再依戀。

木心說：舊屋都在沉思，新屋則是沒頭沒腦的。

乾媽的大透天厝

我並不叫她阿母，她不算是我的乾媽。聽說她之所以變成我家弟妹的乾媽，是我家老三生下來的時候。因為又是女娃，老爸的頭都垂下來了，旁邊那些八婆阿姨說「送給人啦，又是女的」，我和老二急得都快哭了。乾媽豪氣地說，不用，我來養，做我的女兒，反正就住在隔壁，你們可以隨時過來看她。

那時她還沒有我那些乾弟乾妹們她自己親生的兒女，怎麼會養孩子？而且爸媽也馬上反悔，做乾媽就好，女兒還是自己養吧。

乾媽額頭高，臉瘦，身材也永遠苗條吃不胖。外號叫「叩頭」，嗓子大，愛喝酒，是大姊大，每次登高一呼，去玩去吃都跟著她。而且她喜歡小孩，所以孩子們都可以跟尾，吃香喝辣。老三愛吃，跟得最緊，所以和乾媽家的緣分最深，我們很矜持，不像老三，但心裡還是羨慕她可以那麼開心地跟大隊。

兩個家庭是鄰居也是親戚，我們只叫她阿母，但她老公我們叫阿桑，是富二代，家裡有幾座山頭很多田地。兄弟幾個分。當然阿母不是正室，阿桑還有另一頭家，但她樂觀積極，有什麼不平之事找她來解決，她總可以很公正地對待。老三常往她家裡跑，我卻總覺得大聲說話的女人有點可怕。但心裡其實羨慕她比其他阿姨不拐彎抹角，也不會心思複雜，嘴巴說一套做一套。我見慣了母親那一群阿姨，在背後說人算計，長大後才知道，那年代的女人圈，都是為錢為男人，有時媽被騙了錢，或會頭跑了，姊妹們很生氣，想找主事的阿姨理論，老媽都叫我們不要管。她們之間的恩怨其實夾雜著一種互惠依賴的生存法則。那個圈子不一定只有背叛，也有幫忙，大家都辛苦，面子都給足。

只有乾媽是全心全意為我們家著想，我們家小孩都是這樣想的，她的仗義疏財，老三了解最深。

後來乾媽由玉里搬到花蓮，在地建了三層樓的透天厝，我們還是留在玉里。沒有乾媽的大嗓門叫我們去吃飯去哪裡採木瓜河邊玩水，她是孩子王，連撲克牌都是她教我們的。我們搬入她隔壁的房子，那裡比較寬敞明亮，但總記得她有一次在房間喝醉還是就只是睡午覺，我乾弟放學回家，門鎖上了，他在窗邊叫她開門，但就是叫不醒，叫得小孩都嚇到，急著找其他大人。喧擾了一陣子，敲門打窗大聲吆喝都做了，過了半小時，她才自己施然醒來，說沒聽見我們叫嚷。後來我們知道，要先準備一套匙（鑰匙）在我家，以免她睡覺進入死亡狀態。大家都覺得怎麼可能，但我們見證幾次，那深深的睡眠一直沉下到全黑的世界，再不會被叫醒，可能有夢，但也就被困在夢境裡，出不來。我是相信她真的醒不來，以至到最後，我也相信她不過是在玩，而不是想死。

乾媽老家在猴硐，從玉里坐火車要很遠，在只有一個寫著「猴硐」的站牌下車，要坐慢車，一站一站停。那一次又是不知道為什麼，她要回娘家，又把我們幾個孩子帶上，我們開心極了，又可以吃喝看風景，原來由台灣東南邊那一大片平原草地一路向上，轉車後風景那麼不同。猴硐在瑞芳，那時還沒吳念真的多桑，也不瘋所謂的貓聚落，就是一個荒瘠的礦鄉。我們在一家木屋裡看到一個老人、幾個小孩，家具老舊，他們大人拘謹地敘舊，被什麼壓著變形的老婦一臉愁苦。算了，我們出去玩吧，小人早就看出大人那永遠籠罩在頭頂上的煩惱，永不得消盡，我們小人的義務是開開心心。在那邊看到一家小箱仔店，買一枝冰棒，是乾媽給的。看到青綠色的樹山綿延下去，暑假那麼多時間那麼多想望，那麼冬冬的假期，那麼多自由，而視角若落在那老婦我們叫「阿媽」那人身上，你就會回到現實，原來乾媽也沒那麼快樂直爽。她變成一個女兒，幫不上太多忙的女兒。她已經把家中弟妹都照顧上，有的供書教學有的介紹工作，有的帶在身邊，但也只能這樣。在老家的她，像老了十年。她叫我們出去玩，每次他們有事要談，就叫我們出去玩，我們也裝作若無其事，出去玩。這樣就不必分擔他們的煩惱，也分擔不到。而猴硐沒有猴子，我和家人聊起，他們說再沒去過。哪一天去看貓吧，至少荒破的小村，有一個值得去的理由，像改造過的記憶，變成比較溫柔、開心的風景。

後來我們都長大了，乾媽的透天厝我們去了幾次，老三要在花蓮上學，乾媽二話不說，叫她到家裡住，不用再租房。三層洋房下面是廚房飯廳客廳，走上樓梯第二層有幾間房，到三樓才是乾媽住的大房和遊樂廳，可以打麻將唱K，喝茶聊天。人們來來去去，又像回到白玉茶室那風光場面，但沒有陪酒小姐，只是個賭場，乾媽抽成。那時我已在台北讀書，放假經過找老三，也看看乾媽。花蓮市郊不算繁榮的地方，對面是一間飲料倉庫，常有工人搬運一箱箱的飲料。乾媽是那種廢墟都能打造成遊樂場的女人，只是我擔心高中的妹妹，一個人在二樓小房間，樓上打麻將聲嘈雜聲唱歌聲，來來往往的閒雜男女，她受得了？但我多心了。老三和乾媽乾弟的感情很好，在那裡買東西幫忙樓上樓下跑，開心得很。那個透天別墅，早上最安靜，有客人也睡在三樓，打完麻將喝完酒，都攤直了，下午才開始有些人氣。我走出來沿著附近的稻田散步，那時還是荒蕪未建樓房之區。年輕的我想著要怎麼樣才能逃出這樣的輪迴之境？我不再是在玉里、猴硐的那個孩子，時間改變了我，由鐵皮屋到透天屋，由簡單的快樂到複雜，如被這個世界異化並扭乾的童年。乾媽那豪邁的笑聲漸漸有如燥燥如夏季的蟬聲，你長大，就聽得出看得出一些憂煩，掩飾得很好。還是在過年拉著我們賭博，興起叫上一堆我們這群後輩，到花蓮溝仔尾的餐廳大吃大喝，以至於大家都忽略了那得意盡歡背後是一種怎樣的想法。而我們下一代看著這樣的沒有明天的過日子法，遂都成為那反向普通的人，普通到不願意承認。如果你也像乾媽我媽的身分，你會做得更好？追求的夢想會更遠大？像在她家三樓看出，一望無際的青綠稻田、未開發的新天地，她知道之後會有一個又一個的建築物代替，只是等不到那個時候，時間就把她壓垮了。

本來就苗條身材的她，更瘦弱，但那五官分明的臉還是美麗的，乾弟乾妹都像她，長得一副不會老的俊男美女組合。大家都羨慕她這樣生養還可以維持那麼纖細的身材，後面乾妹妹乾弟也是，才知基因強大。她高額頭下深邃的眼睛對孩子總是溫柔，但孩子對她而言，是一起玩樂的對象。三個孩子她很少帶，旁邊總有來去不斷的母親姊妹或阿姨，幫手看著孩子，煮飯洗衣，她要做女主人，長袖善舞，我們孩子仰望著她。一直到我漸漸長大，看到這個好似虛構出來的三樓透天住宅裡那聲光耀影，熟悉的陌生的叔伯阿姨，那好像隱形的乾媽的老公阿桑有時才出現，多數在外面經營著生意或什麼，反正我們不會問，因為這環境長大的孩子，早熟敏感而不多嘴，沒變壞都是萬幸。這幾家的大人也知道，所以很自豪，一個個都長成普通正常不大好大壞的人，多難得。像那長著青苔湖面汙穢的水域冒出來的小花，幾棵散落在這死水之上，青苔和小花沒有哪一個比較好，但小花們還是願意相信，在陽光下可以抬頭挺胸看著日光大作是一種幸福。父輩母輩的活法，並不能決定下一代的人生態度，我們都早早變成在台下看著那透著光有麻將聲的三樓透天厝，是多麼縹緲和不確定。我們早就變成觀眾，離開舞台，過自己的人生。

所以當我們聽說乾媽那個清晨，剛好曲終人散，家裡三樓只剩醉醺醺的她，一時想不開拿了窗簾布上吊自殺時，大家都趕回來了。我們這輩和她玩過牌贏了錢吃得開心的大餐，圍繞在她身邊學歌聽歌的小鬼頭們，在透天厝旁的小空地搭了棚架的臨時靈堂。讀書的工作的結婚的我們，也確實都拉開和他們的距離，遠遠的。他們仍過著他們自己延續幾十年的生活，書架上被忘記的一本書，被蟲蛀咬噬內頁都模糊不清。我們所畏懼的是陷入他們的困境，更畏懼在困境之中沒有意志力想逃出來。她有多大的煩惱？平日開心大剌剌的大姊頭，什麼事都可以找她解決，但我就說麼，那青苔湖面下的汙泥厚重地積累著，你想探出頭來呼吸一口空氣好難，那就平躺在深深的湖底，永恆地停止呼吸。

以往過年總買了一堆沖天炮仙女棒在現在這靈堂小空地放，乾媽第一炮跟著我們放，後來，抬頭，她在三樓窗口往下望著我們。其實都不小了，但總會有更小的出生成長，加入，這樣的循環自轉，愈來愈龐大的星群。可能是最後一次，她探出頭大叫，也可能是第一次，我們在冬夜同時看到炮仗和天空的冷星，那光亮的一剎那。在沒有一個人告知，無有一個預言的情況下，我們都還縮著脖子，開心地抬頭看煙火起飛時，同時把乾媽把星星把一大片的黑夜都收攏在眼皮裡，把過去和現在及沒有她的未來，在靈堂如燒的紙錢一樣，火化，灰飛，煙滅。

後來的故事是，我父輩母輩都離開很久了。那三層透天厝也放空了好幾年，直到乾弟弟請人再重新裝潢。他把照片給我們看，架構沒大變，但光線充足，地板牆壁都換了。他在台北，但有空就回花蓮老家，一個人在透天厝忙來忙去，這兩年春節，他們十幾口家人都返回去過年。傳了照片來，在餐廳做大廚的他們阿舅端出來一大桌珍肴家常過年菜，開開心心地擠在客廳拍的照片，好似又回到有乾媽主政那段時光，但人都大了老了，還多幾個抱著哭著的第三代。她一定老懷安慰吧，三樓透天厝還是人聲鼎沸。外面早就一堆樓房蓋起，沿著市中心一直下來吉安，農田不見。而過年之後，大家又回各自家鄉營生，三樓的燈又暗了，街燈反射在三樓的窗口上，彷彿有人，看著守著等著。

我的老爺

那天，他由外面回來，說，在地鐵裡看到有人拿著馬經在研究，香港人說是「刨馬經」，突然他父親的形象就現在眼前，「原來，我比我想像的還要想念我的父親」。我說，才開始呢，要很長一段時間，你才會跟這個感覺共處。失去至親，我早在幾十年前、幾年前，經歷過。才開始呢，時間會告訴你，什麼是想念。

香港人把先生的父親叫做「老爺」，母親叫做「奶奶」，像是外省籍的祖父祖母，而其實就是先生的父親母親。我跟妹妹說我老爺過世的消息，妹妹回答，他也算是一個傳奇人物了。早期每每有人提到他的父親，都有人哇一聲：原來是《東方日報》的老總。那個時候的《東方日報》風起雲湧，《蘋果日報》還沒出世，東方一報獨大，因為都姓馬，外面的人都以為和《東方日報》的老闆有親戚關係，他也常常開玩笑說，我們是潮州人。即便到現在，新朋友聽到他父名，都笑著說「有東方沒窮人」。嘻嘻哈哈之間，其實我的老爺早就退休二十多年了，而風光背後總是有些暗黑不堪的情節在流竄著，以致老爺最後還是鬱鬱且不能放懷。他的生命好像從第一頁開始到我們闔起，都是一個調子，壓抑著沉默著，最後只有他的孩子們記得他。而他最快樂的時候，是旁邊有一瓶XO，是酒精陪伴而腦子浸著往日開心的時候，他才開始多話，借酒消愁裝瘋借酒離開現實世界，借酒也借了一雙翅膀，可以飛越困頓束縛，但酒精作用一消，他就折翼，又是人間一個平凡的老人。

這幾天要登訃文，大家提議或者《東方日報》？那是他最風光的日子，也是他最有壓力的日子，是他名聲最盛但心情最低落的時候。家人恨恨地說，「雖然是東方養大我們，但父親後期也被東方羞辱玩弄啊」。那算了。他的父親我的老爺，在我初次見他的時候就已經很嚴肅，難以親近。那時還在高位，他的子女似乎都畏懼他，五分的小平頭，一雙大眼睛常讓人不敢直視，穿著百貨公司買的好衣服，看著真體面。他非常地沉默，都是他的太太我奶奶在講話。後來成為他的媳婦、也就是香港叫「新抱」的我，一樣畏怯害羞。那時我們還在美國念書，有時候回來，他總是帶著我們到高級餐廳去吃東西，不需講什麼話，吃高級好吃的料理就是他的心意。一大群人在會所的長桌一字排開，他們說著我不懂的廣東話，只有旁邊那個人是我熟悉的，遠遠看到老爺的眼神向我們飄過來，有一剎那的溫柔。

後來生了孩子，回香港去探望他們，老爺還是很忙。我借住在他們家，中午以前靜悄悄，大家都最好不要發出響聲，因為男主人晚上出門工作。報紙的工作晨昏顛倒，總是清晨才回來，而且醉醺醺。那時候的壓力太大了吧，總是做完報紙之後，要去喝一杯。總是旁邊要有下屬或老婆在伴，或者是要在家裡吃個消夜小酌一番才肯睡。那時候的香港像一個陌生人，它不認識我，我也不熟悉它，只有我自己跟小孩。他們才剛買的房子一切新淨美好，他妹妹在美國念書，我就住在她的房間，清晨四五點有時候響起聲音，是他們的對話，偶爾一兩次抬高了音調像在吵架，其實應該是醉酒。在高樓上往下望著的香港風景那麼地新奇鮮辣，那麼小的嬰兒在我旁邊是他們的孫女，我卻想念著另一方的家。我仍然聽不太懂他們的交談，他們總是嘗試用憋腳的普通話善意地跟我溝通，有時候我抱著孩子出去走一走，好像在異星球看著一群人走向地鐵走向巴士站穿過我，但是看不到一個抱著小孩的我。有一次老爺要下去上班，穿戴整齊之後，悄悄地跑到我的房間塞了一些錢給我，叫我下去買一下東西逛一逛，我還沒有回答他已經走人了。

他幾乎不說話，除了對他的老婆，但其實對他的老婆他也沒說過話，只有在他醉酒之後，那高昂快樂像小孩子一樣的表達，說著他的威水史。那是典型的傳統男人的性格。他兒子老是說他的老爸真偉大，不僅養活了孩子老婆還有老婆的一家子，外母外父姑婆四個舅舅阿姨，以前在灣仔的大房子擠滿了人，外面打麻將開兩檯，房間裡面的孩子念書要開個小桌子關起門來苦讀。大家都怕老豆，他一出現，空氣就變冷變僵了。孩子嘈雜、女人碎語的地方，他一進門大家就靜默，父親永遠是被排斥在家人之外，但又是最重要的家庭支柱。他們小的時候不知道怎麼跟父親相處，長大成人，彼此一樣地陌生無交流。

尤其是長男，總是覺得被他爸監視著。那雙眼睛好像永遠在近處遠處看著他。即便成為父親，他仍無法擺脫，那雙你不能明白他到底是快樂的還是憂傷的、到底是溫柔的還是冷酷的雙眼。孩子們都很愛父親，但是父親被制式成傳統的僵硬的形象，是大家避之唯恐不及的暴君形象，他只負責早出晚歸賺錢回家養活一大家子。

有時談起他爸爸，總是記得他在書桌旁奮筆疾書寫出一篇又一篇的馬經。香港人愛跑馬，一張張薄薄的馬經給了許多的心水貼士，白領藍領，不管是建築工地的工人、餐廳洗碗的阿嬸、踩著高跟鞋穿著套裝的ＯＬ、西裝筆挺的年輕男人，都會下注。那是全民運動，在地鐵上或者是投注站門前，拿枝筆，專心挑出一個個他們心目中的馬匹。快樂鐘聲、時時好運、發財祕笈、潮州大兄、威武勇駒，各式各樣的馬名目不暇給，而我老爺喜歡跑馬也會寫馬，許多的報館都需要馬經，老爺寫的又快又好，寫完把稿紙摺一摺，交給他，他就必須負責到北角、中環各地的報館交稿子。總是到最後一分鐘，他喘著氣急急忙忙送上，那鮮明的印象，是他與父親之間的私密記憶。之後，他也是一個在書桌旁奮筆疾書的人了。男孩和父親的關係一向緊繃，一個為口奔馳的老爸、總是沉默的老爸、不能溝通談心的老爸，在年輕男孩心中的形象並不那麼完好，他心目中完美父親的典型不是這樣，他看著父親不過眼的東西太多，又或許他的要求太高。但來到了這個年紀，時間會和解一切，也無法不和解。他可能也終於知道「父親」這個身分只是他賦予他爸爸的想像，而在五、六〇年代，那一個孤兒的男孩並沒有父親的形象作為他的標準。碰到什麼就是什麼，娶妻生子都是時代和命運推動的，他的選擇沒有太多。蓋棺論定那一刻，就世俗的標準來說，病床旁邊的老婆孩子孫子都齊全，他的遺憾跟著他的身體已經背向世界。如果我們相信有靈魂的話，我老爺想要說的話應該在他離世前幾天，打了強心針之後，突然亢奮多話像一個小孩閃爍著大眼睛的時候，已經用隱晦的字句來總結他的人生：酒、麻將、老婆、打牌、跑馬……他見面時一直停不下來地說話，像是來不及表現的孩子，返照著他渴望的過去一大片人生中的碎片和倒影，他說不出口的或未說的話。而之前的病痛不能行動沒辦法進食，為種種患之所困厄，長病羸瘦，不能飲食，喉唇乾燥，皆將止息。這一世要畫下句點，音樂在最後段落，休止符前，眾親人圍繞在旁，戀戀不捨。下來要去哪裡，會遇見什麼？無人可以預見。對於死後的想像，不管是哪一個宗教的描述，其實你都無法確定，而且你無法選擇，你的業力帶著你，所以你最後一口氣斷絕之時，我們這些悲泣不成聲的孝子賢孫伴侶朋友，用各自的悲戀來召喚你。既然前路茫茫，我們假想那些描述得栩栩如生的強光暗光、樓台森林、眾多神祇，你會走到哪裡，會變成什麼，會把你的靈魂放置在何處何體？並喝下孟婆湯，靈魂像重設的記憶體，前世洗得乾乾淨淨，你不是你，你又是你，你已經是一束光芒，已是雲端上虛無縹緲但是聲音影像又真切無比的駐者，紮著營的旅者，隨時準備離開，只要你被刪除，你永不被見。

長大的小孩子們常常在聚餐的飯桌上回憶往事，他們的老豆已經垂垂老矣，孩子們可以比較自在地肆無忌憚地聊天，不怕有一雙嚴厲的眼睛瞪過來。我老爺坐在那裡不說一句話，他那一雙大眼睛已成觀察者，而非評判者，露出老人特有的微笑。那是和世界妥協之後，毋需再奮鬥掙扎，偶爾露出的笑臉。我們依舊不知道他到底在想什麼，可是孩子們已經不在乎，我們總是有時候講到有關他的暴躁往事，悄悄笑著，以為他都沒聽到。像是對他之前的嚴厲的反撲，也是對他之前盡責養家送上一份敬意。他父親脾氣暴躁但我從未親眼相見，或許因為這個媳婦還是外人。後來他的腳不方便，常常需要旁邊有人扶著，每次聚餐我都在他旁邊，他一隻手搭著我手臂，我們慢慢由車上下來，慢慢走向餐廳，慢慢坐下。那緩慢的過程是老去的過程。香港人的壽命是全世界最長的，長者在喝早茶的酒樓攤開報紙嘆一盅兩件，我老爺奶奶每天都要去喝茶，老派餐廳坐的不是老人，就是帶著老年人來吃飯的子女們。帶父母親外面吃飯是一件大事，表達對父母的愛意。我老爺如果一天不飲茶他就很失落，後期他再也沒力氣走路，最後他只能讓工人（香港對移工或聘僱照護者的稱呼）推著輪椅，帶他到酒樓飲茶。雖然叫的不多吃的不多，但只要維持這樣日復一日的行程，他就有一點想望。那儀式令他在最後幾年，除了推著輪椅帶他到酒樓喝幾杯暖熱的茶，吃幾件叉燒蝦餃燒賣，然後再推到投注站買馬，不然就是來去醫院之間幾個月一次的複診。孩子們常常驚歎他們的父親從來沒說過一個痛字，明明看到那些病痛在他身體有著明顯的跡象，但他最痛的時候都還是背著我們，蓋上棉被，蒙頭大睡像一隻鴕鳥。而鴕鳥這一次或許再也不能把頭蒙在泥土上，再也無法背著我們。

有一兩個深夜，醫生護士打來，說真的可能不行、要不要見最後一面、就過來吧。我們急急忙忙穿衣、開車接母親、再轉過來醫院，另外姊姊由港島這邊過來。四點鐘的香港，沒什麼變化，車流少了一點，街燈還是亮晃晃地照著街道。此時出現在人人蒙頭大睡有著美夢的香港，在最深最靜謐的黑洞裡面，我們探出頭來，破壞我們自己的美夢，直向現實的另一個黑洞，把危危顫顫的老母親扶下車。原來深夜連天空都乾淨許多，若是上空有人望下來看著這島嶼裡面，那如喪考妣的三個人，會不會有一點悲憫，因為有一顆星即將墜落。我們往十三樓去，安靜如死域的每個樓層經不起一點的驚擾。但是一進病房內就沒有日夜之分，明亮的白色日光燈二十四小時都開著，這裡沒有黑夜也不能有黑夜，因為病痛生死沒有白晝與黑夜之分，它隨時襲過來，不在地球的秩序之內，它是強大與彪悍且是狡猾的，人類必須臣服於它。像白天一樣，病人呼叫著，護士忙著打藥檢查巡房，我在台北經歷過的，彷彿又在這裡重現。不同的人交接著不同的病，交接著生到死的距離，因為都是親愛的人，你必須要更堅強留在原地，讓他們先離開。因為都是緣分太深的人，你必要偷偷獨自哭泣，告訴他們病痛已經不能再傷害，而離開是件好事。要一直說，連自己都相信，要一直說服，分別是像在驛站那種輕鬆愉快地說一聲再見揮一揮手。

那一兩次的告別，我老爺還不想走吧，我們繼續回家等，等最後的通告，那由不得人類的意志，由不得你的祈禱。命終之時，我們希望在他身邊，雖然知道那個人早就離開我們很久很久了。久臥病床的病人，應該常常在想，為什麼不早點離開呢？而親人也在想為什麼讓他／她受苦，我又遲遲不願意放手呢？那樣的眷戀，兩方都受著苦，而你必須經歷這一些，你才知道你的用情是深是淺，之後的想念是長是短。

在最後一次護士打來的時候，我們依然匆匆忙忙地趕過去，這一次我進入拉了床簾的病床又走出來，護士詫異地問我不是二號病床？噢，我居然認不得他了。本來威嚴方正的臉縮水成尖削的長臉，戴著氧氣罩其實並沒有呼吸。那是你嗎？這一次你真的走了嗎？又或者等著我們來？所有的問題沒有人回答，被丟在空曠的山崖之間，甚至連回音也沒有。

我在他耳邊囑咐一些事情，為亡後。此時此刻，生前契約已完成，我非你媳你非我父。你如鳥輕巧如雲自在如空氣自由，此中所有，唯一虛空，如無雲晴空。而我在您耳邊所說，是真心的告別，最後，重不重逢相不相見，也不是我們可主宰。叫一聲老爺，請汝諦聽……

［輯二］

寫真

我會變成很糟糕的人

我當然知道，現在我寫出來的，記憶中的錯漏誤植轉化，把我的故事變成了類小說的自傳體。

像我童年老家巷子後面的小溪，根本是沿溪居民隨手丟垃圾的流動垃圾場，剩菜塑膠袋小紙箱各式各樣，有幾次還看到死豬死雞小動物。但小溪還是有水面上空無一物的時候。過了一公里處有個小水閘，颱風來襲或暴雨時期，那小溪彷彿就要漲出蔓延到我們的小鐵皮木屋，那時候就有大人們穿著雨衣，沿著小溪到那閘口去轉著輪圈放水。雨一直下著，小溪平靜的水流變成大河般洶湧澎湃，孩子們第一次領略了大自然的殘暴，水淹著家裡的木櫃冰箱，漲及腳踝時爸爸下令，先離開到璞石閣大旅社去，只帶著一個小包，就手牽手大抱小地離開。那溪水暴漲的速度驚人，而我一邊哭一邊牽著老三，還要擔心留在家的老爸幾時跟我們會合。

風颱尾過，大太陽又沒事人一樣出現，我們慢慢走回來，滿目瘡痍的樹屍跌下來的招牌各種不知哪漂來的鞋子衣物，這兩天又不用上學了。但看到爸媽的表情，我想不上學也沒那麼開心了，家裡又有一堆東西要丟要買。我討厭颱風，那來到走的幾天，那麼漫長，我不像家裡弟妹一聽說有颱風假就開心，我是大姊，已經知道要和父親分憂。但老實說，我還是攤在床上看小說，用我的眼神表達關切之心，而爸媽忙著買菜，釘實窗戶，小弟興奮地跟著，像玩遊戲。有堅固牢實的家，就像現在住大廈有颱風來一樣沒有在怕。但是除了屋子，最怕還是家人受傷不見，擔心老爸去一下衛生所，擔心媽過去鄰居家借東西，會一場大水就回不來了，只剩我一個孤兒帶著三個弟妹。孤女流浪記，我還記得在荒島怎麼生存的，但是我不想當孤兒。花蓮很美，但奇山美景就有代價，颱風地震頻繁強大，颱風來了還有警告，地震卻沒得準備，每次搖晃的時候心就想，又來了。在學校比較緊張，因學生人多，外縣市來的老師又會怕，到時候不是怕地震，是怕人擠人受傷。其實在地花蓮人都知道，雖然地震常來，所幸都沒什麼大災害。只記得八九歲時有一次地震後，媽媽說瑞穗阿姨的兒子受傷了，連橋梁都斷了，她很擔心。但多數的大搖晃小搖晃我們都是「又來了」，再靜靜等著它離開。我們知道它會離開，那在地心裡的一頭大牛，牠只不過是睡醒伸個懶腰，在花東縱谷那一條地震帶，像一匹白色的布，我們不知牠何時醒，也不知那布何時舞動。

故那次在熊本縣看到大地震封閉的熊本城大殿，許多人經過雙手合十；在尼泊爾的大佛塔，有著一雙神祕眼睛注視著眾生的塔寺，因為大地震而崩塌、要重建而圍起的圓形木柵，我們也繞行一圈並合十默拜。天有天的旨意，神有神的應許，我們不評斷。天災厄難降臨，就修補吧。我們還不太能跟天講價的，因為人類太自信滿滿。我看不到未來，所以我常祈禱，很謙卑的，總希望天上有人聽見，即使沒有，也沒關係。

有颱風有地震，東台灣台北到花蓮那時都沒火車通，後山後山地叫。北迴鐵路在一九八〇年才補上最後蘇澳到花蓮鐵道，之前，也就是小時候，我們是坐著長途巴士流動的。由玉里到花蓮，由花蓮到台北，當時年輕只有二十三吋腰的母親帶著四個孩子到台北，也不知道她怎麼那麼有勇氣，後來才想，應該是和爸爸吵架了。我們可以坐車出門遊玩，很多時候父親都缺席，就我們一群小孩和一個女性，但還是好開心，去動物園兒童樂園，去以前的圓環吃炒麵和肉羹湯。那是奢侈的暑假，明明家裡沒那麼多錢可以五口人吃喝玩樂的。兒童樂園裡有一個鬼屋，進去沒兩分鐘馬上哭鬧要出來，我站在外面等，非常懊惱自己的膽小如鼠，發憤要不怕鬼，看著他們出來時的笑聲，真的不爽。

大學時期還是覺得自己住在後山花蓮是很落後的地方。人家住台北市、台中市、高雄市，很多高樓大廈，很多高級餐廳，很多活動，而我回家就只是窩在家裡面看書看電視，連電影都少看。忘記這花東縱谷給居民的禮物是好山好水，是廣大的太平洋和高聳入雲的中央山脈，由鵝鑾鼻往北延伸到台東花蓮台中宜蘭一直到北部的蘇澳，這一如脊椎骨長長覆蓋在偏東的大長山脈。後來我才發現，這個長達三百四十公里，貫穿近全台灣的母脈，原來就在我身邊。我抬頭看到的是高山，走幾步是太平洋，哪裡有這麼厲害的風景。但我還是埋怨，坐火車看到的無際的稻田和幾隻黃牛，經過那些兩層樓三層樓高矗立在農田上的屋子，心中並非沒有讚歎，但是那要在很多年之後，就像潮流一樣，翻轉又翻轉，終於來到要珍惜大自然，要休耕要愛護養我育我的土地。

而當我成為一個異鄉人，那民俗風物都不再一樣。喝什麼水長大的，成什麼樣的人，他們都稱讚台灣的水果又甜又多汁，種類繁多，台灣米已是國際名物，要像日本一樣，再重也坐飛機扛回家的。什麼都好，我像用望遠鏡看著遠方的風景，那遙測的影像是真實或扭曲的？那記憶明明是美顏過的痕跡，但你還是很喜歡，但你已經離開太久，不知道是不是又要重新適應。像過早離家的孩子，你返回故鄉老家，什麼都縮水，因為你變大變強壯。要踮高腳跟伸手去拿的東西？現在，你跟它平視。就像我們的父母。但是你的心還沒有那麼強大。你願意還是一個小孩子，跟在爸媽屁股後面，總希望有一個獎項一個肯定，有一起享用的釋迦或芒果、分著吃的月餅、剛炸好的甜年糕，或是那時年輕而我們覺得好老的外祖父母遞過來的一瓶養樂多。

那不好的回憶都到哪裡去了？吵架的父母，考不上大學沒錢補習的困窘，要寄居在親戚家的委曲，背叛失落傷心不甘心，孤獨落寞願望成空……往回看的個人歷史可以自己修正，端看你在時間的調教下變得憤世或諒解，而當時微如水波的小事，像你爸帶著幾個小孩去看一場電影，李小龍的精武門那耍完雙截棍再摸摸鼻子的可愛模樣，充滿菸味的影院，和忍著尿意不敢去傳說有鬼的廁所的小孩；那家中大事父母吵架，我們被乾媽帶到隔壁，老二不停地哭，而我已經想像當他們兩人問你要跟爸爸還是媽媽的時候，我應該會選哪一個。

幾十年的日子，並不是現在日子不好，但還是在某個瞬間就觸動一場景、一碗麵、一個過去的人和老早就再回不去的記不住的地址。平凡普通的老百姓在那年代還是會有他的小確幸，我每次看到父親忙完，坐下來抽根菸喝一口由那最便宜的小鋁銀茶壺倒出來的金黃色濃茶，如果你身邊有這樣的模範，你大抵會把你的生活過得不誇張務實而少話。而那個無微不至的照顧者，也會讓你喪失了某些能力，你只顧著聞著花香看蝴蝶在小說中幻想，目不斜視地專注在自我成長，而看不見家庭俗務經濟壓力和怎樣做好一頓晚餐。而那個模範，我本來應該對他說，你太寵我們了，你太辛苦了，我們太不懂事了。但什麼樣的家庭怎麼樣的父母，沒得選擇，像日劇《我被爸爸綁架了》，那個小女生和她無所事事的爸爸，藉綁架為名而有了幾天的快樂假期，要分開時，小女生說，我以後一定會變成一個糟糕的大人，因為你。老爸妻夫木聰回答：「對，我就是個糟糕的大人，但並沒有誰讓我變成這樣子，我不認為是別人的錯，是我自己的錯。我很任性不負責任不是你會變成糟糕的大人的理由，要怪就怪你自己。」

童年記憶會自動過濾一些渣滓，如果你不是變成一個太慘的人，那你通常會溫柔一點去回想你的童年，反正都回不去改變不了，把它再造，像廢墟的遊樂園你呼一口氣，那旋轉木馬配著音樂，而咖啡杯或小飛象的小孩呵呵笑著。本來如今敏《盜夢偵探》（*Paprika*）那荒蕪可怖的遊樂園，或人工智慧那海底下的永遠不得見的小美人魚，突然就又一切如新，有孩子的嘻鬧有父母們拿著照相機有小食攤上的雪糕，一次又一次玩不厭的遊戲。有關所有好的壞的不堪或愉悅的記憶，像我們進入展覽館，那湊近了看著每張照片的我，都訝異如近似遠的人生經歷原來也不是那麼堅實地顯現。每次和家人說起小時候，像有幾個大同小異的圖畫故事，我們這些說故事的人，也不算說大話（謊話），我的回憶我說了算。

但我們更希望，我們之所以在長大之後變成一個不那麼糟糕的人，都是因為你。那個你，是複數，是一個人一本書或一個動物。像天使一樣的存在，靜靜飛到你的身邊，他們有時候像文．溫德斯《柏林蒼穹下》的天使，因為個人理由而離開了，但請不要失志。你總會再遇到，或你也會變成一個守護著他人的天使。那個年代，彼此總是託付著幫忙著，我們都受著其他親戚和父母朋友的好處，而長大之後我們也循著這種傳統。

囤積的記憶像散落在各角落的星星，有的聯成一個美麗的星象圖，家庭的朋友或路過緣淺的人，那場景像我們那年一起去聽的張學友演唱會，總有那麼一個特殊的時刻，在熟悉的歌手一長串的演歌之中，標誌著我們跟隨如步履不停的腳印，如雪上的海灘上的隨時被覆蓋洗去的痕跡，我們開開心心地在張學友的大海報旁來個勝利手勢大合照，買了螢光棒和一堆之後一定不知道放哪裡的紀念品，那兩個多小時像小粉絲一樣搖晃激動跟著唱和大叫。不是平日沉靜無趣的一家人，〈她來聽我的演唱會〉、〈情書〉、〈我等到花兒也謝了〉，年輕時代入這些情愛旋律如不能自拔的舞者，不斷跳動自憐自艾，今日只是來感謝那歌聲字句當時帶來的撫慰和共鳴。你失去了什麼嗎？你傷心嗎？你有話不能對人講嗎？一首首歌回應著你，傾聽著你，柏林那兩個天使長著兩個大翅膀，無聊地在牆上看著聽著，而你終於可以不再流淚聽這些歌。歌曲使命已經達成，我變老變成熟，可以把回憶歸類，這次演唱會後，或再不用拿出來。

這樣，你總算可以說，像辛波絲卡那首〈缺席〉：「差一點點，那小小的一個轉身，你就不可能是你。」那些由不同情境不同機遇產生的可能性，太多並輕易改變，而你之所以沒有缺席，站在這裡，原來只是幸運而已。

讓我們由這裡滑落

白玉茶室最熱鬧繁盛的時期，是六〇年代花蓮玉里鎮的榮民、移民遷入的那十幾年。那時的採礦採石、種植檳榔樹鳳梨稻米，再遠一點有瑞穗的糖工業，西部北部許多人都發現，原來後山那個偏僻隔涉的少人區域，可以給在其他地方工作失敗的、情傷的、不願在老家停留的人有一個想望。去吧，到遙遠的他方，不會有人輕易找到你。開荒牛多，躲債避仇的人更多。窮山惡水，人們離開舒舒服服的、已建設的城市或故鄉，在這裡找一個新世界。老芋仔在這裡娶妻生子做個小生意；有點家財的，買下大片大片的山區，種檳榔；派遣駐在這裡的公務員、有愛心來服務的傳教士。各式各樣的抱著夢想新希望的他鄉人，而茶室就是那某一部分的異鄉人尋求慰藉的小天堂。夜夜笙歌，忘記一切。招牌上小燈泡閃著，你暫時忘掉過去的現在的所有煩惱。那時候的白玉茶室美女如雲。

窮山惡水啊，但詩人楊牧看到的是「莫非就是檳榔長高的歡悅，是芭蕉葉尖隔宿沉積的露水，是新筍抽動破土的辛苦，是牛犢低喚母親的聲音……那氣味帶著亙古的信仰，絕對的勇氣，近乎狂暴的憤怒，無窮的溫柔、愛、同情，帶著一份宿命的色彩，又如音樂，如嬰兒初生之啼，如浪子的歌聲，如新嫁娘的讚美詩，如武士帶傷垂亡的呻吟。」（《奇萊前書》，〈檳榔〉）

而原住民，那早在此鄉此地開墾植種的人們，那如圖騰之繁複難解的原始天啟，他們才是土地的親生子女，敬畏神和大自然，不像外鄉人倨傲自大。詩人的讚歎並不給我們，在鎮上的人都只是過客。真正聆聽者要走到山頭海岸，真正戀慕者要停在一個部落，那黑亮的小孩眼睛好奇地望著你，美麗自然的物種，健康活潑的孩子，他們終究會如星子墜落到平地，而那早已被奪取並分配好的權力和財富的平地，沒有芬香的氣味和篝火生起的溫暖。在花蓮一所小國中教書的老二，裡面大部分是原住民的學生，她感慨，那些學生常常有某一天就沒來學校上課，因為前一天老爸或老媽喝得爛醉，他們要照顧底下的弟妹。把援助金都拿去喝酒，交不出午餐費，夫妻互毆，老媽突然離家出走，欠債累累……學生們都是這樣家庭長大的。年輕的父母十幾歲未懂照顧自己，就有了孩子，沒有生活技能就要擔負家庭責任。下到平地的原住民，沒有山林狩獵沒有耕種採摘，每年的祭典才回鄉，穿上傳統服飾手拉手在火堆旁唱歌跳舞的人，像參加三天兩夜的活動，留下駐守的老者在破敗的農舍，成為一個酒鬼。

看得多了，老二知道怎麼跟這些家長斡旋，她不原諒傷害小孩阻止孩子學習的大人，她世界非黑即白，是老師中的老師，她威脅家長再讓孩子缺課就會上報學校和鄉公所。我問，那有什麼用？她生氣地回答：「那就有鄉公所來查，把他們的補助金停掉，他們連酒都不能喝了。」這方法有用，但是過一段時間，學生又不見了，說老爸要他去打零工幫補家用。狀況頻出，女學生更要擔心，不是早早嫁人就是去陪酒。老二不只是老師還要當家長，一看不對勁就要家訪，明明是最討厭和人哈啦溝通的孤僻角色，但只要有不公平的事又跳出來擺平。比較要好的女同事都要她出來發聲，那小小的國中，我曾匆匆忙忙轉過一圈，操場升旗台和校園，三層教室，學生在教室上課，抬頭遠望是蔥鬱的山，近看是椰子樹，學生多是原住民孩子。那設備完善的學校矗立在人口稀疏的鄉鎮，問題是老早就有的，年輕人不留下，只剩不耕田不打獵的其實都不算老的父母，無工可做，做了亦難餬口。老二學生家長算是比較積極向上，在往太魯閣路上開了一家小食麵館，老二總是有時間就和同事去捧場，每次離開都要拉拉扯扯。那對年輕的有著烏黑長髮晶亮眼睛和古銅膚色的夫妻，為了孩子願意做點努力，不喝酒也不賣酒給同鄉的朋友，賺不到多少錢，但令孩子們抬得起頭來。

東台灣一大片的海岸線，你轉個彎又見到，開車經過如果是好天，那一望無際的藍色天空和立體剪裁的雲朵，都鮮明顯示大自然的魅力，由北部那模糊清淡的灰色天際線上延續到過了雪山隧道，出來就不一樣了。海港的船隻停泊在港灣，隨便找一家餐廳吃剛捕獲的魚蝦海產，都好吃。外面就是海灘，坐船出去就是太平洋，那時候就慶幸自己是東台灣出來的孩子，雖然有炙熱的太陽有激烈的地動有夏秋動輒就來去的颱風，但你若細心就分辨得清楚的雲的形狀顏色，海的聲音波浪和樹林植物，生長繁盛的農作物，和這被大自然祝福著，但卻因生產力成為詛咒破落的村鎮。禍福相倚，疲憊的人看慣只覺荒山野嶺，但初訪的人看到清水斷崖燕子口太魯閣峽谷，驚歎連連，我們這些見慣亦平常的住民看見一車車的遊覽車，一群群在石頭店麻糬店伴手禮店流連忘返的旅客，讓外地人來證明花蓮值得一遊。而我們現在不也是匆匆來去？連廟口的紅茶花生湯都來不及吃。在太魯閣國家公園常喝的咖啡廳，坐在草坪上，孩子們翻滾著而我們一人一枝冰棒，生活太悠閒而那時並不覺得，一杯咖啡一次抬頭，看著藍天和懶散在午後有一句沒一句地聊天。最好不要作夢，因為如果夢見那些只能留在記憶的那些人，你就會流淚。和夢中的人一起開了半小時的車，看完標本去完廁所買了東西，草地上那些在記憶中出不來的親人們，你還嫌天氣太熱而孩子太吵。你最好不要作夢，一樣的夢，會讓你非常之懊悔。樹靜風止，親不待，無人之境，剩你一人在夢裡，最好別作夢。

而且夢中會有乾媽教會我們一群小鬼頭專心記住吟唱的〈港都夜雨〉，她剛買了卡拉OK的麥克風，她聲音蒼涼：「今夜又是風雨微微，異鄉的都市，路燈青青，照著水滴，引阮心悲意。青春男兒，不知自己要行叨位去……」唱到那「啊」字，那高音似停在她的青春世界。那時候還有〈舊情綿綿〉：「青春夢斷你我已是無望，舊情綿綿心內只想你一人，明知你是有刺野花，因何怎樣我不反悔……」那群阿姨們總把這些歌詞投射在自己身上，那悲情哀怨的、全心全意的，對愛情人生簡單的看法，每人一個故事，但又大同小異地可以置入歌曲裡某一部分。尤其是〈舞女〉，是標準演歌：「打扮著妖嬌的模樣，隨人客搖來搖去，紅紅的霓虹燈閃閃爍爍，引阮心悲傷……」唱到最後，「啊，來來來來跳舞，腳步若是沉動，不管伊是誰人，甲伊當做眠夢」。我見到幾個這些阿姨，在海產店包廂喝得醉茫茫，唱和著這首歌，是開心的場面，但又心酸得像提醒著大家，你的命運，你女人的身分，即便在這朋友歡聚的時光，也不能忘了你是誰。而在我看來，那先行離開但又一瞬間看著她們充滿笑容的臉的我，也看到對生活的厭棄和無奈。

那個年代，茶室夜夜笙歌，晚上我們都在巷口最後那一區的邊疆，聽著前面的那卡西或後來的卡拉OK。我們乖乖地在家看電視也少出去，我們明白白天和夜晚的茶室是兩個世界，白天是屬於正常的孩子的地域，小姐們還在睡覺，我們可以去大廚房吃稀飯吃春捲，負責做飯的阿嬸的台灣料理道地。在假日，我一邊看著老爸載我到好遠租書借的嚴沁瓊瑤小說，一邊作著愛情未來的大夢，而其實更希望可以逃離這灰暗黑白不明的地帶，以為母親那麼令人失望好賭都是因為這個環境和朋友，忘了還有那個年代。直至後來我們搬了家，沒有了隱隱如黑雲般的威脅，那時候暗自立志要永不再見的茶室，到最後也成為我舊時記憶的安頓之處。像塔可夫斯基的水面影像，靜止的狀態直到你撥動而開始混淆，潛行者從隱敝的門口進入開始，你就會找到一面如水的鏡子面對你的過去。

以至於最後，我的母親沒有因為搬家而改變，她仍好快在花蓮找到各式賭場，像個上班族一樣出門回家。我們再也不憤怒不冷戰，而是平靜地接受。以至於到最後，我對我父輩母輩們的想像，也僅止於那浮淺的揣測，和一種諒解。原來你並不是你想要的樣子，但你還是變成你現在這個樣子，這樣的故事人物也不止是上一代，我們也要面對並明白，而且不是時代的錯也不是你的錯哦。

如果我們不把這樣難解如雲、何時會飄過還在你頭上下一場雨的問題，倒著說倒著回憶，那所有過去都像濾鏡一樣，把你懊悔不已的那個當下，溫和地還給你。

像丟出湖面上的石頭，拍拍兩下，靜靜沉入湖底，永不復見但依然存在。像你在湖邊看著倒映的你，一陣風吹來，你在嗎？石頭問著。

衛生所

小鎮都是各地移入人口，閩南人客家人外省人和原住民各四分一。以前叫璞石閣，有多種說法，又說是布農部落的名，也是沙塵滾滾意思；或是阿美族叫法，蕨草的意思；還有就是清朝駐台軍隊到了玉里，看到秀姑巒溪上面佈滿了白玉般的石頭，遂在這裡駐兵建城，而叫璞石閣。我比較喜歡白玉石頭的說法。一離開小鎮中心，騎著腳踏車或摩托車，風光就不同。東台灣的太陽炙烈，颱風暴猛，東台灣的地形險峻，山水無情。那白玉般的石頭我在乾枯無水的河床上看過，那時還未有盜採石頭的卡車，一大片發光潤澤的石頭，像紅樓夢那些無材可去補蒼天、紛紛枉入紅塵若許年的許多的賈寶玉們，鋪在這沒過去未來的荒蕪之河。秀姑巒溪延伸幾乎整個花蓮，現在瑞穗除了溫泉就是泛舟有名，那時還沒這種活動，有也不去。每到颱風天，我們見識了這條溪流暴漲而淹沒的場面，有人失蹤有人被沖走或受困，那是給外地人玩的，我們太了解秀姑巒溪的溫柔與暴烈，久不久就來一個新聞，或相識或不識的小學生中學生又淹在溪流中，父母大叫哭喊。都是去親近它的，怎麼就被反噬？在地人總遠遠望著，亦愛亦懼。

圓環旁就有一間叫璞石閣的旅館，小孩也不知道為什麼叫璞石閣。但大人用日語叫著叫著，我倒覺得是日本酒店。阿姨我媽她們常到這裡洗衣服，走五分鐘的路程，因為那裡有小溪分支下來的一個小空間，是專門給人洗衣服的，又有洗衣板。她們帶著棕黃南僑洗衣肥皂，挾著一桶衣服，早上那洗衣服的人造小溪可多人了，我們小孩負責幫忙運送。下來多半沒我們的事，我們左鑽右繞在偌大的旅館探險，一進了門，外面的暑氣就被隔絕了，有一股清涼的空氣盪漾著，璞石閣旅座大大的招牌掛在門前，那時候是玉里、也是花蓮南邊最好的旅館。到了晚上，旅社大片牆就亮起一閃一閃的小黃燈小紅燈，煞是漂亮。

玉里以圓環為中心點，我們就住在圓環邊的小巷子裡，而璞石閣也在圓環旁。兩條大路中山路光復路切過圓環，往上的金行是我同學的外省老爸開的，後來聽說一場大火，同學的弟弟也不知道去哪裡了，而同學早就遠嫁美國，再不聯絡。再往上近火車站一出來的玉麒麟別莊也是小學同學父親開的，同學後來重讀考上臺大，成了律師。光復路左邊的碾米廠是男同學家，他現在是鄉民代表，可能還要選鎮長。小鎮的牽連可廣著，誰家小孩和誰家小孩都可以認識，哥姊弟妹父母親戚，總會有一兩個聽名知姓。我們雖然在茶室範圍裡，但那些同學的爸爸叔伯都會公開或偷偷地進來小巷，再加上賭錢，有的因為如此財盡家破。那是小鎮的一個黑洞，純樸的鎮民開始來鎮上，真心想到這個地方重新開始，他們都背著往事，落腳在此，想安靜地在這裡過日子，但哪有桃花源？幸好大人們都不會把茶室和我們小孩子掛鉤，我們還像一般小孩，上學玩耍，在假期和母親阿姨買菜洗衣。

大旅社裡面就可以玩大半天，磨石板的地，我們光著腳丫子清涼爽快，小溪流水穿過探一探也開心。不可以亂開房門，但走進深處就是有雞蛋花大王椰子樹的後園，後園盡處有棟小洋房，那是旅社老闆的住宅。有時候也開局打麻將，裡頭的裝潢像外國，我們進去拿了一塊餅又跑出來，在人工湖撿雞蛋花和指甲花，人工湖的鯉魚游來游去，不會有人抓牠們當晚餐。我們在那裡玩捉迷藏，驚歎這麼大的花園亭台，像個天堂。天色漸暗，這地方開始變得有點可怕，大家都要撤退。像千與千尋那湯屋，白天和夜晚的交界處，那些鬼神們坐著船隻過來，世界已經翻轉。我們總在天黑前就走人，那影影綽綽的樹葉就不會化身可怕的鬼神。沒見過鬼，倒是可怕的人常常出現，喝醉酒的，吵架的，看到小女生不懷好意搭訕的，家裡大人看到馬上把我們拉回家，但過幾天又忘記又想到旅社去探險了。真沒用。可有一次真把我嚇到了，我媽在前面洗衣服，我又遊蕩在後園，那棟白色大房子裡面的年輕人招手叫我過去，我還以為有什麼好玩的，進了客廳空無一人，我才明白那些在電影小說裡的欲望，原來強烈到連小學生都會嗅到，而你是害怕到手腳冰軟，無法動彈。當他要做些什麼時，我妹大叫在找我，那人鬆了手，我跑了出去。我沒有跟任何人說，怕母親會罵我、會找上那人吵，好像一切都是我的錯。那有驚無險的事情，我後來知道，會發生常發生，有的被發現有些並不。那些黑暗隱匿的欲望像一種腥羶的無處不在的味道，大人們常常避而不談，但他們心知肚明，除了告訴女孩們要避開，沒人告訴她們真的碰到要怎麼辦。之後，我再沒一人亂逛亂跑，但那家璞石閣大旅社一直由最豪華的旅館風光到變成一家普通老舊的旅館，時間沒放過它，就像白玉茶室一樣。小鎮當時蓬勃向上，新的市鎮新的人新希望，當我們再回去的時候，那鎮已經老了，年輕人外流，沒有生氣，像蒙了一層灰，大白天走在路上也沒看到幾個人。以前的大圓環改了俗麗的顏色，我小學時用傳統揹包揹著愛哭不睡的老么，媽媽叫我揹著在圓環繞幾圈，讓他睡覺。我在黃昏時分，像個童養媳揹著他走著哼著，池裡的鯉魚造型和荷葉荷花，水聲潺潺，不知走了幾圈又幾圈，那小小軀體貼在我背後，我有時要抬一抬，免得他滑下。那小童揹更小童的感覺，讓我有做大姊的感覺了。我才八歲吧，一心一意想讓老么睡著的乖姊姊，等到圓環的燈光亮起，我就必須回家。黃昏灰濛的天空掛著清晰的星子，那時候的星星特別亮特別閃，我背上那個小兒睡得正香，而我只記得很驕傲，一個揹著弟弟的大姊。後來問我媽，她說哪有，我怎麼放心給你揹出去，一定是你記錯。

我們孩子出門，若不是往光復路北上，經過我金行的同學家，再到我們最愛去的電影院，直通到火車站，就是中山路往東走，有家書店，賣文具，但也偶爾入香港兒童樂園姊妹南國電影和金銀島小人國兒童書。自從發現有這些雜誌和書，我開始和這個小鎮漸漸拉開，我取得另一身分，不時往渡，不留在鎮上了。再走著，我知道我會經過衛生所，再到水溝邊的菜市場。我們都被教導「別進衛生所找你爸，他在忙」。

那是一間古典的日式建築，鏤雕白色鐵門，進入是一小庭院，花草扶疏，夏天濃濃的七里香味道，白色小花一株株在石道旁，一塊塊的石板小孩子喜歡跳來跳去，但很快就被大人喝住，拉了進白色大門。一進門氣味馬上令人一凜，酒精消毒藥水的味道和一道道門上貼著門牌，你手割到不小心跌倒膝蓋流血，都可以哭哭啼啼地被老爸老媽帶過來，止血搽紅藥水貼膠布，再含著一泡眼淚出去。也有大人來照X光，看看有沒有肺結核，打預防針。鎮上所有人的小病小痛先到這裡來看，有問題再到大醫院，不用遠遠到榮民醫院玉里分院，而慈濟是更後來的事了。

我爸在這裡算是藥劑師吧，也穿著白袍，衛生所那時是很權威的像醫院一樣的地方，我們小孩也很自傲老爸也是專業，不像某某同學老爸做工人做農夫還有的混江湖，什麼都不做。小孩的勢利和分別心總是隱藏在眼神裡，我們都不明白，原來可以評斷的，還要更複雜更久遠，並且要時間加持才顯現如秀姑巒溪裡的石頭，那才是真的價值。

過年過節有人送月餅送禮盒，大人還悄悄說有的禮盒底還放了一疊鈔票，我們總沒看到過。月餅一到，大家搶自己愛吃的，鳳梨口味最受歡迎，但肉燥的也不錯，還有番薯餅。孩子們都覺得老爸在衛生所上班真好，他早上上班，順便就在旁邊市場買了菜，下班又忙我們一群小孩洗澡吃飯學業。是個勤勞的父親，又長得乾淨好看，方臉大眼，濃密頭髮永遠梳理齊整。母親是每月到髮廊染一次髮，但我就不知父親怎麼永遠亮晶晶的髮油下的黑髮是怎麼變出來的。那由白到黑的歷程，那時怎麼會在意，以為頭髮永遠是黑色濃密，像我以為老父老母都一樣青春美貌，要等到急速變幻如快鏡頭把幾十年的光陰濃縮成一格短片，跳接快剪如雲彩在天空來去如一瞬，頭髮灰白，我們被時光輸送帶嘟一聲帶到現在，卻無能有像電影小說裡的穿梭機，來去自如。我開始要悄悄固定每幾個星期去美容院，像我的父母一樣。

衛生所常會有些活動，叫鎮上的人參加，我們沒去，但活動結束之後的剩餘物資我們都很期待。也不是什麼大東西，幾條綵帶幾枝蠟筆或幾塊餅乾，我們去幫忙收拾，之後把東西帶回家，隔天可以送給同學當禮物。活動在小庭園舉辦，裡面的房間，尤其是注射室，我們都不想進去，上次那一針還痛在心中，而且裡面又有個年輕的男職員，他的眼神我模糊地感覺到，我想躲開他。

很長很長的暑假，東台灣的太陽在午後三點都那麼毒辣，我被叫去買一瓶醬油，我跳躍著像跳房子一樣在大大小小的陰影中前進，在羅比・威廉斯的〈It Was a Very Good Year〉，緩緩前進，不像之前那麼快就跳到臨老之年，「但現在日子很短，我在這一年的秋天，and I think of my life as vintage。」我還在我的童年，我無偉大夢想亦未踏入現實之門，混沌如開天之初的白紙待書寫，我只不想讓我白皙的皮膚曬到太陽，並想著回來經過賣冰的小店，我媽答應我買一枝純糖原味冰棒作獎勵。那是很好的一年，羅比說。的確，我回答，那真是不錯的一年。

後來老爸退休，我們搬離玉里到花蓮市，而後衛生所搬遷。我們很久很久之後，回再沒有家的故鄉，把車停下，固執地一定要吃一碗玉里麵才離開。先逛到舊市場，經過現在廢棄的舊衛生所，白漆鐵門已掉漆生鏽，活人死物都被空氣時間侵蝕，無一倖免。那樹倒是長得繁華似錦，野草把石塊小徑都覆蓋了。我拿起手機，七里香的香味，記起老爸曾有一張穿著白袍、笑著在衛生所大門拍的照片，哪裡去了？老三搖頭，說她從來沒見過，是我失憶；還是我總記得有一天，我和媽去市場買菜，他出來，看到我們，露出笑容，那張照片是那時拍下，在我心中。

那雕著圖案的木門建築敞開，哭鬧的小孩聲、刺鼻的酒精味、來去的護士小姐，那是很好的一年，只要我還沒走，都會代表我的父親，好好保存。

難以啟口的話

我父去世之後，有時家人聚會聊天，常常提到他神祕的青年時期。這段他避而不談的往事，到底其中有什麼令他不會在兒女面前侃侃而談，甚或像許多老人吹噓改造，將自己變成一個想像中的那個少年青年，再重塑一個站在遠方的虛構如英雄般的自己，來對照如今不管是時間或現實敲打磨折後的斑駁老人。

我們知道的他，已經是八子之父。有過兩個老婆，一個是我大媽，一個是我老母。至於前後的花花草草，在我那些八卦阿姨的口中，如枕頭裡的羽毛，一拍打，隨著風飄向小鎮那豎起耳朵的另一群八婆，有時傳到我媽這當事人這邊，就成為一場或大或小的「寃家戰」。有時放學回來，才走到巷口，就有人通風報信，說你父母在寃家（吵架），吵的事情有時為媽愛賭，有時懷疑父去玩，有時為錢，好像很少為小孩的。

因為小孩乖吧。除了沉靜一點，大致上沒什麼好煩惱的，在這種環境，沒變壞已經算好，更何況成績都中上還模範生還代表學校出去比賽。我的父親想必很驕傲，但他沒表現出來，只是默默地做父親和母親兩邊的事，工作家事都一肩扛起。我沒有《芬妮和亞歷山大》那些孩子們的敏銳和觀察，或《狗臉的歲月》直視成人世界醜陋不堪的勇氣。那小孩與大人之間純真與複雜的落差我雖然看到了，卻因為活在太自我的世界，視而不想面對。有書就行，可以把我隔開在連普通小鎮居民都不會入境的風月場所，那有時喝醉酒的茶室客人、小姐。當然還有我的母親，賭博喝酒小學未畢業，不曾寫過一個字。我朦朧的童年，只要我關門，像個氣泡被罩住而覺得安全，幾乎看不到野蠻暴戾的下流人生，在我身旁如傾洩的火山泥轟隆的，不斷被侵蝕的世界。

那是因為我只願意看到表面。表面很好，小鎮的茶室風光，只要你避開黃昏之後到清晨的騷動時光，茶室簡直像一個平靜運作的公社，小姐們要睡到過午才起床。那隔了一間間的小房當宿舍的一排房間，有時我要進去找媽媽，或媽媽要我叫哪個阿姨出來。一群女人談著會錢誰標到，或讓哪個先標到吧，她家好像急著用錢。一進去就聞到濃郁的香味菸味和女人味，她們坐在榻榻米上面，一副什麼事都不在乎的模樣。後來我總記得這場景，有太難堪難受的事發生，總想到這阿姨那阿姨，一個個臉龐像每個素描，掛在往事的通道。沒什麼大不了，她們說，生氣時叫囂幹你娘，哭的時候一定要配大量的酒精，才能理直氣壯地說出平日不能說的話。有時兩個女人扯著對方的頭髮打架，又是男人或錢。一年年老去，這些茶室來來去去的女人們，有的才十幾歲，有的已經色衰，故事背在身後。有個叫小翠的女人，十七歲就陪酒，其實和我們差不多年紀，瘦瘦高高很漂亮，鎮上的大哥看上她，兩人痴纏了十幾年，又吵又鬧有時還動刀子，打了幾次胎，再也生不出孩子。後來大哥和黑道幫上結怨，被打死，她還是留在茶室，不然還能去哪裡？七八點鐘的太陽終究還是會由東轉著向西，青春只有一次，她還是酗酒酗菸。最後一次看到她，那嘴巴旁一顆小痣還在，不過笑的時候已經不俏麗地閃爍了。她和我未死的老母低聲聊著天，因為沒喝酒。白玉茶室，客似雲來，也不知老闆請誰題的字。客人們會悄悄地偷偷穿過賣豆漿饅頭的小吃店後門，到巷子中間再往前，有些不怕人看的，大剌剌由掛著白玉茶室招牌的巷口直接進去。那條在鎮上圓環的小巷，不會有小朋友進入，除了我們。

怎麼那時候也不覺什麼羞恥難過，雖然也知道我們家在茶室裡面是和普通人家不一樣的，但我太粗線條，或整天低著頭，看不到任何異樣的眼光，聽不到冷嘲熱諷閒言閒語。又或許，父親把我們保護得很好，而我們不知道。在鄉下有惡人惡事，但都不在孩子面前發生，小鎮居民大多就是開個小店擺個攤營生，忙著賺錢，除了少數政客、開米廠的、開旅館的，有家有業有錢，我們只是普通小孩。有次到同學家開的旅館去找她，那一整棟大樓就在火車站前，驛旅之人一下車就看到，生意好得很，她父親也在鎮上教書，在我看來，簡直完美人生。後來她果然被家裡安排妥當，在臺大附近買了一個小公寓，大學聯考沒上，再補習就好。我則要哭哭啼啼，求父親怎樣找錢讓我補習。我羨慕，但又不那麼憤世嫉俗，因為我也有一個愛我的老爸，愛和金錢一樣重要，讓我只能挑其一，我還是願意挑在高中由住宿學校返家，看到車站我父親站在他那台老摩托車旁等著我。愛會令你安心，如果你身邊有一兩個這樣的人陪同，不孤單地成長，那沒錢就沒錢吧。

由小巷走進茶室，兩分鐘，巷子裡有幾戶人家，有木工廠有賣紅豆餅的阿桑。到盡頭左轉進入，別有洞天，像個小區，餐廳宿舍茶室養豬圈和最後面我們住的幾戶，有乾媽，茶室主人簡家獨子。中間有一棵大蓮霧樹，每年三四月開著淺黃淺白粉色花，像炸開的玉米鬚，有一股香味，我們在樹下經過。再經過，就到了夏天，一串串的蓮霧由小到大，由青綠到粉紅，大人都警告不可以用長棍去勾，要有耐心。七八月的盛夏，蟬聲不斷，暑假可長著，沒有課外活動沒有補習沒有家長帶著國外國內旅行，我們一頭汗躺在絲瓜棚下，帶著租書店的漫畫愛情小說，長藤椅最涼最舒服，不夠就拉三張椅子，躺平看著陽光一條條地照在臉上，矇矇矓矓的要睡著了。大人們把一大臉盆洗好的蓮霧拿過來，幾個孩子歡呼，剛摘下的水果最好吃了。

　　不缺吃的，這別有洞天，跟著季節交替，準時備好年節的食材。有時吆喝一聲，有潤餅吃，大家排隊在餐廳，小姐們都會讓給我們這群小食鬼。後來更是我們在廚房有個小角落專屬餐廳，由青梅竹馬的母親、負責煮食的阿姨弄給我們吃。潤餅要大人包才行，我們總是包破或滿溢，阿姨包的又實又美。老三愛吃鬼，在旁邊叫著我也要我也要。那時候這茶室就像人民公社，在那裡我們有一群年齡相近的孩子，有一些看著我們長大的阿叔阿姨阿伯，有那些從各地來的熟的陌生的陪酒小姐，有從外面常過來聊天我後來才知道是放高利貸的桂太太，她開玩笑對我說，你是撿回來的哦，讓我從此看到她都仇視的眼神。大人們不想小孩知道的事情，就壓低聲音悄悄說：誰欠誰錢，誰標了會走路，會頭好可憐要被追債，誰和誰勾搭上了，沒義氣，那本來是她閨蜜的男人啊。小鎮像個滾燙的鐵桶，你丟下什麼，它嗤一聲，燃燒著那各式各樣的氣味，蔓延出來，很嗆很難聞。我自小就知道，學了一種本事，他們在那裡低聲細語時，我聽而不聞，那髒兮兮的流言和醜陋的事實，我做鴕鳥，全不關心，而我鑽進去的那個洞，書和夢想，才是真實。不管那鐵桶爆出怎樣難聞氣味，大伙為了相互取暖而不得不圍在一起，我還是做著我小孩。故意不敏感的孩子，乖巧的孩子，自閉的孩子。

這樣公社的生活，至少到我離家到外鄉讀書之時，都運作得很好，我們這一群孩子也都安安穩穩地成長著，又不變壞，又不反叛，又沒成為憤世的人。乖乖讀書寫字，比巷子外那些平凡的家庭還平凡。結果這裡八九個孩子，在茶室裡生活，但不墜入環境的詛咒，除了一個，不小心像流星掉落，再一個，我家老二，時間到了也離開。

我們緊密地在離開公社後還聯絡見面，說往事。只有他們知道我爸我媽和他們爸他們媽，上代情誼留下，但也就到此為止。下代誰也不會理誰。我們在餐桌上談笑，看到彼此的現在和過去，聊著彼此的現在和過去。如煙如泡影，只是有些歷歷在目，好像才發生不久。怎麼可能，我們就出了桃花源，落英流水，已回到現實的人生。

像一艘同渡之船舶，航海日誌我們寫下，狂風暴雨時，風平浪靜時，我們有時在甲板上，坐在躺椅拿著一本書一杯飲料，海風微微吹拂，無垠晴空我們都是少年P，在如鏡的海面作著個人的夢。那一排我的旅伴們，有人起身離去，有人仍冀望著下個站可見的奇花異草珍貴鳥獸，至於早已寫成的日誌，會慢慢浮現字句如一本魔幻之書，所有的現在未來，早早就在空白書頁，等著發生。

之後，孩子們都離開茶室，過自己的日子，而我夢見我父親。

我父栩栩如生短袖白襯衫和深色長褲，髮油把頭髮梳得服服貼貼，身形真好，不胖也不瘦。而我母圓圓的臉頰掛著笑，小弟四分格子短褲好可愛，三個女兒挑了新衣外套，清湯掛麵的齊耳短髮，那唯一一張在影樓拍攝的全家福，我一閉眼，就可以看到他們。我們一前一後走向影樓，那年應該父親手頭鬆動或母親贏了一筆錢吧，反正大伙開開心心，拍了照，成了家庭僅有的紀念。怎麼我們一家都沒齊整地出遊呢？兩天一夜三天兩夜，長途短途。只有最心傷的那一次，我老父老母為了幫我在美國做月子，兩人搭長途飛機，轉了兩程，十幾個小時，要來看孫女，接機時看到我突然消瘦的父親，戴著一頂棒球帽，幾乎認不得他。

那本來歡欣的探親之旅，卻在他每夜咳嗽不止，益發嚴重而不肯看醫生下，草草收場。後來才知道，他出國前因咳嗽去照X光，說沒事，才讓他和媽出門的。他們兩老住了十天，就回去了，除了開車到最近的風景區，哪裡都沒去。

回到台灣，是肺癌晚期，我又抱著兩個月大的女兒，穿洋越海回來。悲苦嗎？遺憾嗎？全家福照片上面的人頭開始要一個個消失了，你能怎麼辦。少一人的情況總會繼續，緊密的如皮膚如指甲的關係，一有割離就痛不欲生的感受，總像個意外，突然來，措手不及。也不是要準備好什麼，因已告訴自己千百遍的苦或無常，都仍會突然跳出來對你裝個鬼臉嚇你一跳，化身無數你所不安恐懼貪戀憤怒的死穴，一二來見。

當我們穿著黑衣，雙眼紅腫地跪在棺材前，念經打瞌睡，漫漫長夜如落染成黑色如雪，一片片覆蓋了所有死去親人的家庭，亡者和生者要在那半夜裡突然裂出一條縫隙中相認。第一夜也是最後一夜，守靈儀式是輕輕地放手，要把未說的話說出來，那些難以啟口的話語，甜蜜的苦澀的百轉千迴的，說也說不完的話。

我記得那公寓的樓梯在後棟，我幫媽媽提著由菜市場買回來的大包小包，裡面有我愛吃的桂圓米糕、菜肉包。每個小孩喜歡和媽媽上市場，除了我家老二。爬到三樓喘噓噓，媽媽一定先換了衣服洗個臉，才坐下來休息，再準備午餐，我則打開冰箱拿飲料。那是父親死後兩年，她自己還未得病，老二已回花蓮陪伴她，小小的房子都還維持老父生前模樣，那藤椅桌几，只是沒有了菸灰缸茶壺。所有老父的味道，菸霧繚繞、茶葉的香味、髮油，都不在。媽的花露水、資生堂香皂、不知什麼阿姨市場擺攤的粉餅，和她每次電完頭髮濃濃的藥水味。

有些事情，真的難以啟口，摸不著看不見，難解釋，表達出來連自己都懊惱。像我想描述那個早晨，平淡無味的早晨，所有的人都在，所有事未發生，我打開冰箱，那氣味那衝出來的寒氣，讓我精神一振。原來那早晨，很好。無憂無慮，未有死亡來，生者去。不需欲言又止，而失語。

克拉拉

石黑一雄的小說《克拉拉和太陽》，溫暖的作家把孩子們的玩伴機器人描繪成比人類朋友更堅定更支持的伴侶，克拉拉。如果我們消除自私嫉妒憤怒沮喪的人類黯黑的一半，只留下像太陽燦爛般關愛憐憫平靜喜樂的特質，那就是一個完美的機器人了。或是像羅賓·威廉斯那種老派ＡＩ，會跟著主人一同成長老去，在遙遠的某處如一顆擲入深深井底的石頭，它望著藍天如幻的白雲，依舊想念你。一直想念著你。

所以，如果我可以像那些小孩一樣只能擁有「一個」關心你照顧你的機器人，不管是克拉拉或安德魯，我想我會送給你，老二。你不是也超愛羅賓·威廉斯嗎？他的片你都看了吧。雖然女兒似乎比你更需要克拉拉，你一定也會說，你給你女兒就好了，幹麼給我。但女兒有我們，而你卻一個人。

而且克拉拉不是普通的機器人。如果你擁有一個像克拉拉的伴侶，你就像擁有太陽一樣，雖然，「是的，直到方才，我才認識到人類是可以選擇孤獨的。

認識到有些力量有時會比逃避孤獨的願望更大」。而選擇孤獨或逃避，有時並不那麼簡單。只憑個人意志？孤獨本身有它神祕且強大的能力，像黑洞一樣，我們努力避免已經很費力氣了。可以讓你感到不孤獨的對方，他們就像克拉拉一樣，要擁有一種可以關心可以愛的特質。像書中石黑所說的，「我們要找尋那獨一無二、人類那種可以延續特別的東西，可是就是找不到，因為找錯地方了。如果我們每個人真有自己獨特的東西，那不是在『那個人』身上，而是那些『愛他的人』的心裡」。而當我們理解，那孤獨感就會化成一道煙火，在天空之上，燦爛的告別。

絕對孤獨我們無能逃避，沒人可以替換的你的經過，一條溪流一座山峰一大面海洋，一人承受的痛苦快樂。我們無膽也不能拍心口說我為你承擔。他方及他人永遠是不可觸及的，除非你去靠近，在你走向那個時刻，孤獨感才會停在原地。無法如影隨形。

我常覺得，我家老三就是老二的克拉拉，她讓老二的孤獨，相對地停在不自怨自艾的那地步。雖然她也常常覺得太累，她也抱怨著她姊姊的任性和特立獨行，但，我姑且稱之她為「克拉拉二號」吧。克拉拉二號會固定每星期打二到三次電話給她姊姊，因她姊堅持不用手機，沒有手機的狀況下，她只能拋開她隨想隨打的壞習慣，並小心不可能超過十一點，因為那是上床時間。克拉拉二號逛百貨公司看到一件羊毛外套、一個小杯子、一瓶玫瑰水，會買下再寄到花蓮。克拉拉二號的主人也不時會寄什麼同事介紹的保健品、軟毛牙刷、血壓器到台北。有次我看到老三把一包包硬得像石頭的保鮮包從冰庫拿下來，我問是什麼，她理所當然地說是雞湯，分做五份，加上昨晚做的麵包，「宅急便半天就到，很快。給老二的」。

她們往來寄出不同的物品，猶如一種暗號：我很好，不用擔心；我想你了，買東西給你；你要保持健康，吃這個用這個，等我們下次見面哦。

其他家庭一定也有他們表達對家庭成員愛與溫暖的作法，而且可能更令人感動羨慕，可是我在看克拉拉二號每次那種有時生氣抱怨、但一樣不少地做著她該做的事，我就覺得天地間有好的兄弟姊妹，可以吵架互相吐槽、不滿意。但我們被設定了，在愛的背景下，你與家人就得是家人，情緒、金錢、接送，大大小小的事情都綁在一起。你覺得不自由？是的。但被設定的愛那麼單一堅定，永遠在身邊的承諾於是就不那麼難了。

克拉拉二號其實有時也有電源不足的時候，但她總是覺得她遠方的姊姊們需要太陽般的溫暖和庇護，尤其是病了的主人。但依賴著她亦讓她覺得不自由，那高高低低的，如黑夜中海浪翻湧的情緒，攪動著時好時壞的關係。我們知道怎麼照顧一個病人，但怎麼照顧一個病人的情緒？可以適度地愛她卻不能讓自己也沉入在病痛的氛圍中逃不出來。可以讓她了解她是獨自承受，但有我們一群克拉拉在身邊陪伴，孤獨但不孤單。可以在她吃了安眠藥終於有幾個小時的睡眠、但總怕她那老不肯罷休的該死的咳嗽又讓她醒來，又像小孩子一樣要著安眠藥止痛藥止咳藥。壓力大啊，陪伴著的那個人。

克拉拉二號有時下班回家早了，對著躺在床上的主人，故作開心地說，我們今天來染頭髮吧。然後她們兩個進了浴室老半天不出來，吱吱喳喳都是克拉拉的聲音。從沒那麼親近過吧，即使是姊妹，大家平時多麼獨立，連到日本泡湯都要分開去，老二是多驚多不喜歡凡事要幫忙的人，要袒裎相對到這地步，要到幫著洗頭吹頭這地步，要到她問我，親愛的姊姊，你可以幫我找找安樂死的資料嗎？說得好像是要我在香港找她要的限量版鋼筆一樣。

我們那年在奈良東大寺，一家子在大殿鑽著大佛的鼻孔，窄狹的小洞，說是可以無病無災。我們和小孩玩這個，她和她的克拉拉就拜拜完兩人手牽手到禮品部，她們最愛的地方，看到各式祈福吊牌、小工藝品，嘖嘖稱奇。兩個大女人牽手走路曾被香港姊夫嘲弄，幾十歲人還像小女孩好友一樣牽手走路。真不像話。但我們習慣了，出門不是她牽我我牽她她牽她，勾著小指姆指其實也沒有特別意思。就像小咖啡店西餐廳那年輕草莓族員工，溫柔地說聲歡迎光臨謝謝光臨，那麼台式那麼習慣，就像街上總會貼著阿彌陀佛。麵包店我永遠挑起酥肉鬆或蔥花麵包，甜點我不要世界名牌而是本土風味，離家遠了，看到習慣的東西原來在他人眼中那麼特別。他方展現著另一種規格，但我們還是不隨俗。十幾歲的青少年我侄子，帶著一點鄙視眼神喃喃說：你們兩個人還牽著手哦。其中意味，女人和女人為什麼還牽手，年紀那麼大為什麼還牽手，姊妹之間為什麼要牽手？這些問號，我們頂回去，為什麼不能。

我們還在東大寺輪流和要穿過那不大的洞口在奮鬥，她們姊妹倆又施施然牽手走進來。一人一個，學業進步給兩學生，開車平安給姊夫，我則是平安健康。那川流不息的廟宇有一家人，短暫的停駐。無憂無慮似的以為天長地久，不離不棄。還要去春日大社拍櫻花呢，老二作為一個盡責的攝影師，永遠要拍下全部風景。而真正的攝影師老弟，在更遠處，抓住我們三姊妹笑容晏晏的那一剎間，大佛慈悲。人艱不拆。拆穿的那個時候，總要好幾年，總希望好幾年之後。

再回到那個春天，有一個家庭。在春日靜好的奈良古城，嘻嘻哈哈地要去吃一個梅子霜淇淋，和好吃的江戶川鰻魚飯。一切恩愛會，無常難得久。我明白。但不捨。

最終，克拉拉二號試過一切可能的方法，而原來太陽還是沒有照在她主人身上。

這一年，四人位置只留下我們三個。終於都有位置被騰空，而缺席者靜靜地坐在她的座位。我們回到她的家鄉我們的家鄉，到玉里去探望童年友伴和他的父親。老人已記不得我們了，但我們還是大聲叫著阿叔，他笑嘻嘻地把桌上的水果推給我們，吃啦吃啦。白髮送黑髮，我們每每四個來，他並沒發現少了一個。也好。最後例牌要拍一張大合照，少一人。會的。老家掛著已泛黃的全家福，是新年父親要大家穿上新衣服，到鎮上圓環旁那家周先生的影樓拍的唯一一張全家福。那時老二不想去，父親偏愛她，卻也被她弄得氣呼呼，大家一臉嚴肅的樣子，只有還不懂事的老么睜著無邪的眼珠，看著鏡頭。我們一家六口的靈魂，被嵌入在那個時刻，是拼貼畫其中一塊。沒人知道完成的日期，也許是當所有人離開了，照片留下，最後一人，會完成最後一塊拼圖。在這之前，我們也會不離不棄，做彼此的克拉拉。

照片作為存在

搬家的時候，有一大箱子的舊照片。那是未有數位相機的時代，留下來一本又一本厚重的相簿，可愛圖案碎花圖案一個女孩蕩著秋千圖片的所有夢幻型式的相簿。底片幾都遺失，所以不能再沖洗。這些孤本照片，要像下一代一樣留著在虛無縹緲的雲端也行，把一張張照片掃描放在電腦或磁碟裡，不占空間也可以隨時翻看，只不過，那些舊照片難道就這樣丟掉？我知道這和紙本書電子書的辯論一樣無解，但那是我那個年代留下來的時代意義。沒多久，相簿這東西會變為古董，而年輕可愛的文青會把膠卷底片相機、把手作皮革、把一筆一畫的鋼筆字體，視為新流行、新產物。他們的懷舊，是新鮮而想像的，因為沒有經歷過，才會覺得新奇好玩，把新鮮空氣注入在發黃的相片中，他們不用呼愁。我們老人老是以為自己才配擁有記憶，只是這個記憶的確太重了。當你搬著那累積幾十年走過留下的痕跡，為防你忘記而突然冒出來的照片一個場景和幾個人，你決定在下次搬家前，要把這幾箱的相本都丟到天上雲端。那摸不到觸不到的某個空間，居然就有幾億人的珍貴回憶財產，穩妥地放著，不擁擠不占地方。而如果你突然死去，那些東西就永恆在雲端儲存，不積塵也不會有人翻看，實在太棒了。不需後人一邊整理或掉淚，或者無感得連看都不看，一併丟棄。這兩種令人傷感的畫面我都不想要。

但是我想說的，並不是那種純屬個人記憶的拍攝。

我們家，身邊有個專業的攝影師，因為專業，所以出遊的時候，他負責幫我們拍全家合照，但也因為專業，他拍我們是用我家老二的傻瓜相機，而不浪費他專業相機的底片。（但不都是數位的、沒有底片的嗎？）他左手拿大相機，右邊執小相機，我們已選定背景和定點，老二指揮大家應該怎麼排列，咔嚓一聲，他已經拍了，還拍得不錯。不似我，裝模作樣地把鏡頭拉近拉遠，但一看照片永遠被老二叨念：「你到底會不會拍啊，那棵榕樹都沒拍進去。」

攝影師有時候忙著拍自己想拍的照片，我們三姊妹只好自拍，但還是沒辦法用自拍神器那種太招搖的東西。我們拍的當然是業餘創作，不過記錄一個家庭成員到此一遊的成品，其中不涉及控訴、災難、歷史或珍貴的一瞬間，不涉及表達立場或喚起購物衝動，不唯美也不藝術。簡單平凡像一道家常菜要鋪排的，不花梢地證明著，家人和風景。

但這也不表示，那千千萬萬被家中某個家庭成員買下的各式傻瓜專業相機，只用來為親愛的家人，附加出遊時的風光景點，就沒有珍貴的那一刻。那相機只提供給特定人士特別活動，不似我弟，不管何時何地，他就突然咔嚓咔嚓，那似漫無目的、無特定對象的拍攝，把他的鏡頭設定為超乎平庸的日常生活之上的世界，但仍是定位這個平庸世界之下的產物。因為太過無趣太多世俗的焦慮，以至於在鏡頭下，有種快要由懸崖掉下的驚心，沒人會嚇阻或提醒你。他不是將平淡的生活展示成好好過日子般的觀看者。他的主題要到看了他的攝影集，才明白唯美是他要抗拒的，主觀是強烈而迫切的，不管人物景象，都在膚淺的表面被插了一個刀口，潺潺流出深深淺淺的人生之液。那態度是不肯妥協並以照片反映出來的無知無謂，不仁天地的姿態迷惑著旁觀者，輕輕震動著，搖晃你安定看似無誤的人生。

那幾千幾百萬的相機所拍攝的照片，就像幾億幾十億的電腦寫出的文字，要打動一個不相干的讀者或觀眾，需要怎樣的天機和神通呢？

有一部日本電影《淺田家》，說的是家族的紀錄。淺田家的老么，有寵愛他的父母、疼他的老哥，他喜歡攝影，但仍未找到可以打動可以洞悉人心的那個點燃器。原來那個火種在自己家中。他拍下父親母親哥哥，他們成為攝影師相片的靈魂，原來家族照片也不只是私密封閉的感情流動。我們代入淺田家家人的生活方式，幽默包容一切都沒什麼大不了，是我們期待的家人方式，有共同參與的夢想和前進的目標。我只是想說，若有一個好的攝影師，那麼，那多如繁星、看似平常的家庭，都可以拍成珍貴寶石，閃閃發亮。

他拍我的母親，在看護帶著她到醫院外的庭院透透風。那已不再染成濃黑而蒼蒼白髮的母親，看著遠方，那看護阿姨低下頭正撫摸著母親的白髮，攝影師拍到那種溫柔。而病中的老母在第二次手術後，已漸行漸遠，是看護看到對生命的厭棄，還是那個作為攝影師的兒子。

還有我的父親，在老家的公寓，平常的午後，吃完午餐，坐在藤椅上休息，抽一根菸喝一口茶，他對著鏡頭，笑容有點曖昧。我都不記得為什麼他沒有跟我們參加以前的下午咖啡儀式，或，是他過世後我們才和老母一起開始的？父親在家還是穿著襯衫長褲，整整齊齊永遠像準備上街或有人到訪。他親愛的小兒子拿著攝影機，對著他留下他濃縮微捲的微笑如一輩子流長。那小茶壺和一枝燃起的菸，那我熟悉的臉孔，黑白、鬆散的質感，像小津的顏色，居然可以留下來。據說這樣的存在，叫永恆。

「我們擁有一張照片，便是我們擁有珍愛的人或物的替代物。這種擁有，使照片具有獨一無二的物件的特徵」，桑塔格說。

我跟著攝影機，看見我當時未能參與的、但在見到時一同感受的磁場，有些我未被吸引太多，但有些是我珍愛的，我想擁有的。像我父母姊妹們，在某個時空的交接，是近身如皮膚般的觸覺，你有感並馬上反射，那是生理的，而且在每一次重新觀看時，有著一樣的感動，和豎起的寒毛。

很久以前，買一部相機是一件大事，要不是有特別的禮物，例如生日、畢業，就是自己要努力存下一筆錢，而膠卷珍貴，又容易一不小心就曝光全毀。照片要洗出來，三十六張、二十四張，可以留下的只有少數，但因珍貴，對每次摁下快門就小心翼翼。我們老家的大冰箱裝食物，小冰箱有一半是冰凍的照片膠卷，中間的小和室既是睡房，也用可以拉開的黑布做暗房，有時一股強烈氣味傳出來，就知道他又在洗照片了。那不是在外面攝影的路上、就是回家關在暗房的家人，對於所興趣的業餘愛好總可以變成專家一樣，把理論和實務都過了一遍。他有陣子喜歡打保齡球，備了球和球袋，平日白天收費貴，他專挑半夜打折時段，沒有人又便宜，常在半夜不見人影，很晚才聽到開門聲。他學什麼東西都是無師自通，只看書自學，也都有板有眼，頭頭是道。園藝、修車、木工，植了一大樓台的小松樹，網上交流以樹易樹。他家的餐桌椅子小凳都是自己敲敲打打做出來的。煮咖啡也是，炒個飯也是，總覺得他不花什麼力氣，就做出專業的標準。這種人很恐怖，家人這麼能幹，我們並不敢多要他做事。就像他的照片一樣，他願意拍下來那些人物靜物一片海洋一池死水，那其中必有個比現實的他更幽祕的洞穴，可以的話，我不想去窺探，我只要一個現實的家人，求他來一杯芬香熱騰的咖啡，而感激。要他幫忙搬東西，要他推著割草機轟隆地經過草地，有時有茄子青菜出現，我們都覺得他是生活達人。

有時少話的他還是會坐下來聊聊天，談的照片藝術電影或書本佛學。我在老家的日子不多，來去匆匆，能有一個午後的咖啡時光，和平日只在Line哈啦兩句的他坐下來，慢熱的他開始去房間拿他的攝影集拿他看過的書，我們談得深入，眼睛也發光。大長餐桌面對面的兩個人，在略暗的光線下，是血脈相連的家人，但每次有這樣的午後時光，我都想著那兩老，應該會開心看著，家人都緊密和睦。我們這些老派，看重家人關係朋友交往，不想有裂痕，是太天真的想法。關係血緣都會變調，時高時低也不算什麼，他老是埋頭做他想做的事，那也很好，其他的也幫不到什麼忙。各自有各自的煩惱，誰也幫不到誰。

用文字來說話的我，總以為一張照片也可以有一小行甚至一大篇的攝影後記，用文字來補充觀看者未能看出來的隱喻與暗示。那文字的重量平衡著我們平日對一張照片所表現的懶惰，只是停在色光表面，即使批評也無法洋洋灑灑地寫出長篇大論。那還不如由拍照那個人自己加上，不是更好？

但這是妥協討好的作法吧。家人不願多寫一行字去破壞他的照片，理由很簡單：照片作為媒體作為一個如訊息的發送站，我們大量的描述只合適在加強觀看者的情緒，使之投入參與圖片的喜悲；但我家人要的是抽離，那樣冷眼直視的目的，破碎的靈魂才能重新安放、完整。像一個待填充的布偶，唯有攝影者將它填滿或充氣，唯有他在那一刻的對鏡凝視，他方才能把眼耳鼻舌身釋出他們說不出解釋不了的困境，冷空氣一直環繞，而你看著照片，不必聽他們的故事，已經直指他欲言又止的人生。

我想，他的野心，是在拋棄文字絮叨的描述，是妄想我們都已被點化，可不解釋就神通於照片裡包含的暗喻，像一座祕密花園，他希望有入場券的才能入場。高傲啊，但也異常地孤獨。

那些黑白的照片，空無街道的一條癩皮狗嗅聞著什麼，那些願意把私密的事物曝曬在他底片上的人們，都有一種自然而毫不在乎的神情，身體的親密或邋遢或猥褻，無視鏡頭像一隻隻獸，野性而無禮儀束縛。拍照的人叫喚出來的那些影像，我其實不想知道，可以的話，我就好好待在這一邊，做隻鴕鳥。甚至，我可以看了，讚歎，但就是這樣。旁觀他人。

照片的力量，就像文字的，開放給所有人參加，但也是給少數人一個另外通道。那大群圍觀者，被篩著篩著，只有看得到星雲中的圖案，人馬仙女雙魚⋯⋯那紛亂無序的天空，唯你看到突顯出來一閃一閃的畫面，你擷取的是你專屬的純淨的照片或文字。我們站在原地仰頭齊望，而若你稍微轉頭看著身邊的人，那一樣的微風吹動著，感染著，那個叫做刹那的永恆的東西，亦解釋為存在。

羅東阿姨

我們有很多阿姨，母親從小就被領養，所以有兩個親生和收養的媽媽，好多兄弟姊妹。羅東虎尾寮有四個兄弟三個姊妹，羅東大州有三妹二弟。她是老大，聽說童年也過得不怎麼好，只有外公最疼她，但外公也很早就過世。那時外公收養了兩個女兒，一個我們都叫她瑞穗阿姨。媽皮膚白皙，臉蛋圓圓，很討人喜歡，而瑞穗阿姨就沒那麼幸運，旁人都說她又矮又醜，沒人愛沒人疼，後來嫁給老芋仔，也就是我姨丈，生了六個孩子。媽對這個妹妹很無奈，每次她來，用揹帶揹著襁褓中的孩子，手牽著兩個，她沒什麼可依靠的家人了，紅腫的兩個眼睛更讓人嫌棄了。媽媽低聲安慰，塞了一些錢，拿了一些舊衣服，讓她趕著下午的火車回家，不然老姨丈又會打人了。如果認真數，我的阿姨都有十個了。

我們與另一家和母親有血緣的舅舅阿姨淡如水，只有每次我媽回羅東探親時，挑一天下午叫了計程車，浩浩蕩蕩我母和四個小孩，去看我很老八十多歲的真正外祖母。東部的務農的人家，都有個四合院，房子都建得陰陰暗暗的，不開燈，白天也似黃昏。我每每都覺得裡面隱藏了什麼，等到半夜就會出現嚇小孩。

四合院的家人都搬出到城市討生活了，種地養活不了人，只剩媽媽的大哥大嫂陪著我外婆還住在這裡，一臉謙卑的微笑。媽懂人情世故，也知人情冷暖，只要回娘家，把一家五口打扮光鮮亮麗，等路禮物大包小包，紅包暗藏在精緻的小皮包裡。每次看到他們大人把紅包塞來推去，覺得好奇怪。我家裡其實不是有錢，回家又要和爸吵錢的事，那時總希望媽媽最後塞錢失敗，被退回紅包那多好。不過每次媽都勝利。而娘家不管是虎尾寮或大州，大家對這個每年回來一兩次的我們都很歡迎。

我們小孩最喜歡回媽媽的大州領養娘家。那邊阿姨舅舅們都和我們年紀差不多，甚至還有更小的。我外公和第一個老婆兩人領養了我媽還有瑞穗阿姨，後來這個外婆很快就去世，外公找了年紀小二十歲的現任外婆，和我媽年紀差不多，再生了六個小孩。

都是故事啊，一牽動就許多家族許多人，不似我爸，他從不說給我們聽他的家鄉童年，或年輕時期做了什麼，有什麼樣的父母和親人，就好像他的家人族裔不存在似的。他是一個沒有家族故事的人。我們要再很久之後，才挖出一片片碎散屬於我父親的歷史，原來他還有一個哥哥在台北開眼鏡店，原來他和父親大吵一架，從此不再往來。他是有家族的人，但他決絕地背棄而孤獨一人。

我們在母系這邊過著熱鬧嘈雜的煙火人間，父系卻靜悄悄沒有親戚探訪往來的天上人間。

羅東大州這些舅舅阿姨，雖然沒任何血緣，但靠著我媽每年回娘家看望一次，那親情倒是維繫下去。他們都知道有一個大姊，年紀大沒關係，互相照顧才是親人。即使後來媽媽走了，我家老三承繼著她那大家姊的作風與心思，代我們其他孤僻的孩子送往迎來，記得過年送禮，經過宜蘭看望，沒有因為我媽不在而斷線。

所以，來到第二代，我老二生病，三個阿姨裡最相熟的阿嬌阿姨說，「我上來看她，我煮飯照顧沒問題」。那時她偶爾在台北打工，餐廳筵席端盤子。她年輕正值台灣製衣工廠興盛時期，每天加班賺錢，之後嫁了個算體面的家庭，在羅東市還有個二層樓的房子。以為可以好好過生活，可是婆婆把她當傭人，老公在外面花天酒地還生意失敗。在台灣太常見，不同地方不一樣人物但差不多劇本，上演著那時候女人在家庭扮演的角色。電視劇裡面哭哭啼啼被離婚，孤身一人離開夫家。但阿嬌阿姨性格倔強，她很快就在台北縣某個工廠又做製衣工，還賣過紅豆餅，什麼都做過。他們一家我舅舅阿姨基因都好，看起來永遠年輕，時間在他們眼前不留痕跡。我小時候就覺得她長得好看，現在還是。嬌小身材，個性直爽熱情，外向活潑，說話大聲，有時不留情面。她很會煮食，都是傳統的熱食小吃，一到過年，她做的紅豆綠豆花生麻糬、花生糖、鳳梨酥紅豆酥蔥軋餅、中秋節各種口味月餅，都有大筆訂單。但是她一人公司，所以都只接受小量下訂。

至於只給自己人吃的，蔥油餅、韭菜餡餅、芋圓粉圓湯、芋頭酥、炒米粉、羅東肉羹，我們想吃什麼，問她，她說沒問題，下午就呈上桌。那麼好的手藝，當初是為了老公婆家去上的烹飪課，後來有興趣自學，什麼台式小吃都難不倒她。我們小時，本以為煮得最好吃的羅東阿姨是大姨枝梅，她嫁入大家族，亦長得美麗年輕，看不出是三孫之祖母。每次到他們家的深深四合院，一進二進都快迷路，一掀個門簾，一個老人躺在床上，嚇得我們。終於找到我媽和枝梅阿姨在小偏廳聊著天呢，然後我們到庭院看花找蜻蜓。一下子就有大人叫吃飯，那麼短的時間，我大阿姨就可做出滿桌澎湃的台式料理，是辦桌那種氣勢。大塊滷肉、宜蘭鴨賞、灌腸、炸肉捲、白切走地雞、自家野菜。她的大姑大伯公公孩子們都出現了，拿了一碗米飯挾了些菜，又不知到哪裡去了。我們是客人，所以要乖乖坐著，偶爾進廚房，看到阿姨醃漬的大罐小瓶，青瓜冬瓜蘿蔔腐乳麵豉，歎為觀止。我愛吃漬物，尤其是瓜類，臨走前總有大瓶小瓶帶走，好開心。但她現在少做飯了，我姨丈死後，大家族人都搬出，只有她照顧公公。後來連公公都走了，她的技藝收起，偶爾三個兒子和孫子回來，過年過節煮一餐，但已不是當年那種大碟大碗公。她現在遊山玩水，跳健康舞。她們都自己會找樂子，沒有想太多，說話大聲，笑起來像聽到最好笑的笑話。這是他們那邊年輕最主要的基因。

經過幾十年折騰，而當你老到一個地步，發現許多世俗的缺陷和圓滿，那些標籤下面原來還有細到看不清楚的小字說明，所有人生大事，原來定義的不是那麼幾個大字。我試著想要看看那些含量那些更細微不應含糊其詞的說明書，並想也寫下自己的意見。譬如我的大州阿姨們。不想錯過，用力解讀，是因我阿姨那年代，在一排又一排車衣廠，嘈雜的機器，流水式專心的那些年輕年長的女性們，都是沒人護送的流水落花，那再不能見的一片片花瓣。可能不會有人記得，又或記得，卻以簡易無視細節的方式，作為表達。

阿嬌阿姨剛開始會很用心地燉煮東西給老二吃。那時工人阿妹、莎崙還沒來，初期老二也有信心自己會慢慢好起來。我們說，身體好了可以開一家英文家教補習班，或是去當義工，或是學喜歡的畫畫、書法、手工……太多東西可以學了，我們也可以多出門遊山玩水。她不置可否，但大家都充滿希望，像我們放出去的風箏，一隻大鵬鳥的形狀，在風中飛揚展翅，藍天白雲，我們仰望著，並沒想到它會墜落。那風實在強烈而巨大，我們都將被吹到如桃樂絲那樣，但沒有錫人獅子稻草人來幫你，你想找尋的魔法師只是一個普通人。而那雙美麗的銀鞋子永遠掉在回不去的奧茲王國。

剛開始的時候，都是那樣地規畫著設置著如海市蜃樓美麗圖畫，不願承認若有其他變數，你怎麼應付。老二還是吃不下東西，一吃就吐，可能食道太窄太短。要多訓練啊，醫生說。我家老二在我們逼迫幾次之後，生氣地說：「你不知道吐的時候多難受嗎？咳的時候都不能呼吸，你不是我，不知道有多難過。」我不是你，這句式可放在任何類別的關係，那分別心，把我們一拉就成為銀河般無能企及的距離。我不是你，但希望代入你，因為那樣的苦痛你一人承擔，實在太難過。煩惱如坐騎，轠繩名智慧。我祈求，你有一轠繩可駕馭你的煩惱。即使你身體令你煩惱，你的心靈可令你自由。但是這些話，我都說不出口，只能讓你拒絕再進食。

但阿姨不同。你拒絕吃，她覺得是你不努力嘗試。健康的人有堅強不屈的意志，身心協調，但病人不同，在抵抗那癌細胞的攻擊之餘，實在沒什麼力氣再告訴自己「我要活好每一天」。那些阿姨每天早上做的美食放在她面前，並不會引起她的食慾，而是想到下一分鐘又是劇烈的咳嗽，嘔吐的食物。

我記得有次我們在京都嵐山，下著微雨，剛由寺廟走出來，寒風刺骨，找了一家二樓的豆腐料理，一群人嘻哈地坐下來，終於有點暖意。老二在窗邊拍照，那清冷的街道對面的小寺院和一棵棵青松，好日本。熱呼呼的豆腐湯來了，水蒸氣往上升，大伙滿足地把面前的精緻定食好好品嘗。老二拿起相機拍照，我們兩排一行人都把甜菓子放在口邊。吃一頓這樣午後的前晚餐，吃完，食物順利地滑入食道再下腸胃，那麼尋常不用思索如何討好我們的身體。二樓只有我們，老三說，這家記起來，我們明年再來。

在經過的小店買了兩瓶大吟釀，經過LAWSON，弟要買他的炸雞腿，小七的比不上。老二也要，還有夾著草莓醬的窩夫餅（waffle）。好冷好冷，又好暖，我們趕著火車回京都，但嵐山車站裡的東西又叫她們兩個佇足觀看，直到我大喊火車來了，才捨得離開。

我們至今未回到嵐山那條街道，即使去了，遍插茱萸一定再不像那個微雨寒冷的下午。所有的照片之所以定住，並不是時間凝結，而是預告？它延伸又延伸，如蔓藤般快速而不覺，覆蓋著我們走過的道路，預告所有曾經有過的悲傷快樂，都無緣重新再來。公平的時間女神蒙著眼，高高在上，不憐憫也不慈悲，看不見愛別離、那些人的撕扯和苦澀。像嵐山渡月橋我們抬頭看見的秋季楓紅，像在竹林我們遙看一望無際的綠海，我們讚歎歡喜，但它仍靜靜在那裡，不悲不喜不回應。老二拿出保溫壺遞給我：咖啡，要不要？她剛跟一個在竹林擺攤的日本嬉皮老先生聊天，買了一小幅畫，綠盈盈的。她問：像不像《臥虎藏龍》那個場景？就是。

為什麼我的記憶漂浮像流動的雲，竄升竄下不安分地攪動，由羅東走到嵐山，由痛苦往向開心再回來，牽引著一波又一波的，開了又關了的小櫃，雜亂、失序、錯置。我想說的都說錯了，我應該像卜洛克的馬修一樣，只聽不說。但我喋喋不休，只是怕遺漏了我和她的某些細節，你夢遊你迷路，再也找不回來時路，稍有重量的包袱一一卸下，我就再也沒有可愛可惜可憐的人可以立足，會不會像風箏一樣自由遊蕩，直至斷線。

我如曝曬在陽光下的一隻蝸牛，明明是在微雨的黑夜出發的，我行走緩慢，我奮力地要到彼方。有情無情，皆應背負如蝸牛的殼，如它行走留下那潤濕的痕跡，明知很快太陽會讓你失去所有的過去，你還是緩緩地緩慢地前進，努力想念著你曾經擁有的，不被太陽焚化失去印記的過去。

林布克

牠的名字是英文翻譯過來的，book，所以叫布克。女兒叫兩個阿姨的區別是，布克阿姨和可樂阿姨，因為兩個阿姨都養狗。小阿姨的是毛茸茸的馬爾濟斯，嬌小可愛但是總神經兮兮，跑來跑去，貌似凶狠，也有英文名叫Cola。布克則是壯大、令人心生警惕，兩隻大眼珠卻純良恭儉讓。一隻長毛白，一隻短毛黃。家裡從來不養貓的，狗是第一選擇，或是鄉下養狗有看門口的實用價值。從小都有狗兒相隨。許多文人都養貓吧，看到的書都是談貓多麼有個性多可愛高貴，狗狗就少有專文介紹。但童年時的小黑小黃、隔壁茶室家裡養的小花，那種直率哈啦的、見到你就撲上來的感覺，像是這個世界上再沒有這麼熱情的直接的愛了。但人類，尤其是大人們，總是有其他的考慮，不知為什麼，有一天，家裡的小黃就不見了。爸爸說牠走失了，但我們私下的討論是，小黃可能被丟棄在很遙遠的山上。老三還指出，說爸有一天下午都不在家，一定是那天小黃就被丟了。

那成了一件懸案。那是令人唏噓、小孩失去的故事。我們在狗圍繞著的環境成長，想養寵物，自然不是現在小孩們的倉鼠、小魚，那是城市小孩的。鄉下孩子想的還是一條狗。可以互動，牠搖著尾巴用晶亮的眼睛看著你，濕濕的舌頭好噁心地舔著你。

林布克是我家老媽過世後，老三怕她姊姊孤單，買來送給她的。開始老二還不想要，養狗要付很大責任，但就是要她身邊有一個可以忙的，看電視在旁邊陪著，可以帶出門遛狗，要去買飼料看醫生，或許還會跳上床睡覺。多溫馨的想像。雖然後來，故事不是這樣走。布克還小的時候，牠媽，我家老二，會用個大布袋裝著牠上街買東西，由信義街經過樓下牙醫診所，未到液香扁食就彎到小巷，有幾家小店面賣奇怪的商品，電視永遠開著。前面再走就會到以前的遠東百貨公司，一條街就熱鬧了，吃的賣的，花蓮那時最大的百貨公司，我們過年來這裡逛，年初三約家人到牛排店吃便宜的牛排。是很開心的事，小孩們尤其雀躍。而林布克牠媽總是不用狗鍊子牽著，怕人太多怕弄髒怕牠怕，小時候好可愛的拉布拉多啊，小孩看到總依過去想摸摸布克的長耳朵。我找到維基，說牠是加拿大紐芬蘭和拉布拉多省的中大型尋回犬，非常溫和親切活潑值得信任。這也是老三會買布克的原因吧，她總是有計畫的人。

在香港我居住附近，因為有個盲人協會，有時在地鐵站常看到有個年輕的盲人女孩，穿著米色的外套和深啡長裙，拉著一隻大型的拉布拉多。這隻訓練有素的導盲犬，神情莊重有氣勢，保護著牠的小女主人，緩緩進入車廂內，再優雅地坐下來。如果我身旁有隨行的人，我總會說，我們家以前也有這種拉布拉多。雖然，林布克落入尋常百姓家，牠那懶洋洋的眼神總像在說：我要躺平，別來吵我。同狗不同命，我家布克，沒有任務，不怎麼愛乾淨，總是掉得滿地毛隨風飛揚，口水很多，不愛運動（或牠的主人不愛帶牠運動？），很多病痛。牠太愛咬東西了，家裡的皮沙發是牠發洩的對象。而且在龐大的身軀裡藏著童稚的永不長大的心，看不到隨著身體長大、你預期的成熟狗兒，牠還是像幾個月大時那笨拙傻氣的模樣，不由得心裡暗嘆，這是我家的拉布拉多。

讓我來說一下拉布拉多吧，原來牠是天生的泳兒，和水獺一樣腳趾有蹼。以前的漁民會養拉布來幫他們捕魚，漁夫一吹口哨，狗就把漁網上的軟木咬實拉回岸邊。〈考拉—一隻拉布拉多母狗〉是第一幅出現拉布犬的畫，那是一隻黑色白班點的拉布拉多尋回犬。牠連續二十三年蟬聯美國最受歡迎犬種。

拉布拉多狗長得很快，一下子就二三十公斤，抱都抱不動了。而且拉的多，一屋子都是狗狗的味道。有次我們回花蓮，想進家門，她居然拒絕，說叫我們在樓下等，她下來陪我們去吃晚餐。但女兒央求她說想看看布克，她就真的只帶女兒上樓。那時林布克已經行動遲緩，有著大型狗的許多毛病。老三想來應會後悔買了拉布拉多，但老二也不抱怨，那隻狗躺在客廳的地板上，公寓的小坪數不能讓牠暢快地行走奔跑，想必很憋。

後來買了新房子，裝潢的時候還特地把陽台及和室連在一起，林布克可以在冷天時進來取暖，這主人和狗可以各居一室。我們看到她寄來的照片，那隻狗已經太過肥胖而且老去了。我們叫老二多帶布克到外面走走運動，那隻拉布拉多望著鏡頭的眼神慵懶無辜，馴良的好老狗。只是沒等得到搬家，牠就走了。說是腎衰竭，很快送獸醫診所就走了。老二又是一個人了。最後。

萬般留不下，只留回憶。回憶是好的，可以混淆可以交替。我記得老家那小小狹長的陽台，父親用了竹簾子掛著擋陽光，碎片稀疏的光影變化著日頭風景，林可樂和林布克兩兄弟都曾經在這裡吠叫、奔跑。客廳那深啡色的皮沙發還沒被布克咬得爛溶溶，掛在牆上的俗氣風景畫我們已訓練到視而不見。老媽又在罵小狗隨地大小便，幾歲的女兒居然鑽進去狗籠子咯咯大笑，狗兒跑去舔著她，讓她大叫媽咪媽咪。姊妹們都認定我不愛狗，因為跟狗都以禮相待，敬而遠之。要照顧生物是多大的責任，他們那麼自然地養一隻兩隻狗，他們對自己有自信，也不多想無用的問題。下雨撐傘，跌倒起身，對著半杯水慶幸，這是正常道理。對最有情者與最無情者而言，養寵物都不是什麼大不了的事。但正常的邊界，總有些人猶猶豫豫，有些人擔心天塌自己撐不住。天知道那恐懼是失去、是離散、是切割。像你六歲的一個黃昏，看一隻蝸牛沿著小階梯慢慢吞吞走向落雨的草地，有個回家中的小男生不小心踩到牠，脆弱的殼咵拉一聲，男生繼續走，而你怔住了。那殼肉模糊的樣子，至今未忘。

送走迎來明明是基本常識，但被留下的總是覺得不甘。我記得有次和老二揹著沉重的布克出門，她碰到一個熟人，把狗交給我，林布克小狗不耐煩了，把頭探出來，舔了我一下。牠以為我是牠媽媽吧，小小溫熱的身體在小布袋裡，我明白老三為什麼會幫她姊姊買這隻狗了。相依為命，相偎為生，是獨立於天地世界，你願意有點什麼牽掛，掛在心上。我們的世界沒有太大的波動，你很愛很恨的也就只有那麼幾個，其他不是不相干，但你只要以禮相待，問題不大。身邊的那幾個，擔心怨懟痴醉拉扯，所有的關係暗湧著殷殷的期盼。家人尤是。除了對孩子只進不望出，兄弟姊妹的緣分，真是有好有壞。你幸運，那童年吵吵鬧鬧嫉妒羨慕的身邊人，可以在那段渾沌天地初開之時，見證你由模糊平凡的小孩，變成現在仍舊平凡但清晰的你。婚喪喜慶凡世俗之事，你們都有分，跟著哭跟著笑，直到最後。

然後，不是你送他，就是他送你。

在一次合歡山之旅，我們入住臥龍山莊，四月，海拔三千公尺的空氣稀薄，下雨的山區一入夜全然漆黑一片，又冷又潮濕的夜晚，只好一家人窩在裡頭喝酒聊天。幸好沒帶那兩隻狗上山，不然冷死牠們，老三說，還是掛著遠方山下的狗。我由窗戶看出去，只有我們攤在一起的反光，絕對寂靜的夜晚。明天若還是下這種雨，這次登山活動就宣告失敗，但沒有人擔心。我家佛系到山不轉路轉，那步調的一致，是我看著這一對我的妹妹兩生花，而生起豔羨之心。

許多感情好的兄弟姊妹，都是天賜的禮物，因為你這輩子就牽掛著，可同甘共苦，可以起個頭，她馬上接下你的語句。那夜晚，你會想，如果還有下一生，再一生，我們碰到也不相識，但有沒有可能，因為交換過彼此的記憶，你會像似曾相識的戀人。即便，經過的痕跡，在落雪的雪地漸漸地覆蓋了，你一直辛苦地往前走，那腳印，是不是還靜靜地躺在雪下，像一個千年的化石，等著下一次的相認。

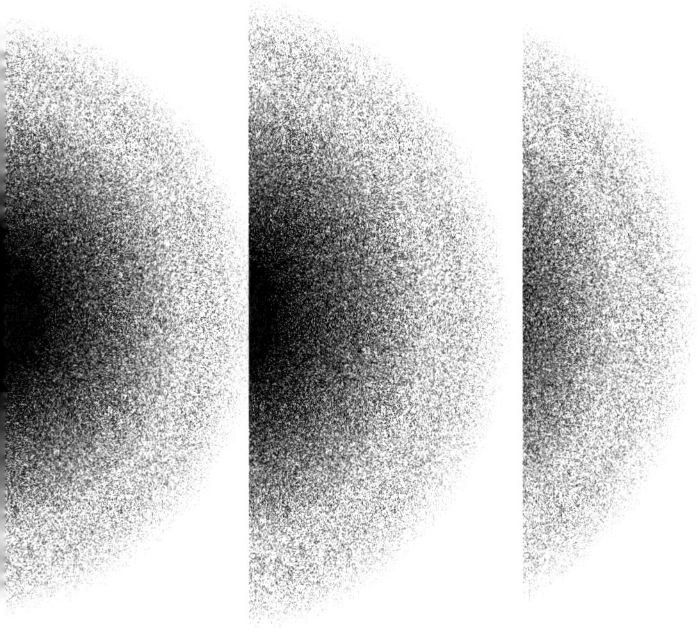

［輯三］ 星移

暗夜

我剛下飛機。由赤鱲角機場，入夜的香港從上面往下望，還是那麼美麗。大片的黑海襯托著一座孤島，那孤島不荒涼，燈火千間萬盞蔓延開，像繁華盛世的代言人。一個城市可以創造出那麼高收入的經濟效益，吸引那麼多優秀的人，有最傳統和現代的各自表述，一出門見山林見海洋。不違和、不亢不卑的各式人種，把這裡當家，而沒想到城市的興起和毀壞，都在短短時間。九七年由啟德機場第一次到香港，機翼幾乎和九龍城那些矮房擦身而過，像一個親吻似的，驚險的畫面宣告歡迎來到香港，東方之珠。爾時還未識羅大佑，只曉唱著他的〈皇后大道東〉，那時候的香港，高檔、美麗，霓虹燈閃爍。

而我只是一個為愛情而來的女人，下了機，耳邊盡是一種南音，大大聲的，像吵架，但港劇看得多，廣東話的節律又覺得很古典。尤其是播報新聞，平穩端莊，不會尖起聲快五秒，很舒服。

第一次吃菠蘿油第一次喝鴛鴦第一次叫大大顆的蝦雲吞手打麵和牛雜粉，看到店叫快樂餅店幸福士多，警察穿的筆挺合身的制服走在街上帥氣十足，是杜琪峰的任達華是王家衛的劉德華，還有街市，一進去菜販肉檔，男男女女大聲叫賣，聽不懂的聲音飄過來飄過去，對著我，只好低頭而過。

第一次進連卡佛和中環置地，原來亦舒伊達的男人女人都是在這裡出沒的，我是讀了多少的香港言情小說，以至於我在某地某情景好像認親戚一樣，大叫「你在這裡啊」。那些人物住在淺水灣或半山，是《第一爐香》那個可以在山上看著萬家燈火和海峽的獨棟別墅。山上的人生像清晨四五點的濃霧，白茫茫的一片，遮掩裝飾著，永難得見真實面貌。上層有他們的上流生活，住在山下的，也開開心心地過日子，大聲講話直腸直肚，不看人臉色。茶餐廳的侍應穿著滿是油漬白色制服，大力把一杯熱騰騰的奶茶碰一聲放在桌面，濺出大半杯，粗聲粗氣地問吃A餐B餐C餐，丟下一張紙片上面鬼畫符，參詳半天才知道其中奧妙。女港漢子也不遑多讓，大大聲好像這個世界都重聽了，旁邊有人說算便宜一點啦，被她奚落冇錢就不好買，但又對另一個女人塞了幾根蔥幾條菜，隨她心意。

天邊的麻鷹飛到摩天大廈反射著日光的玻璃帷幕，展翅，啡色的軀體張開兩邊六個淺刺，雄偉孤獨。在帷幕裡辦公室的精英，忙碌著。在地面討生活的，也忙碌著。這是香港，沒人想閒著，快步疾走像蘿拉。旁邊的人一直警告，地鐵站千萬不可以停下來，要眼觀四方，不然會被鄙視眼神盯死你，不能慢不能停。你先學會搭地鐵，太方便了，準時乾淨熱心服務，金鐘站一波波的人潮由地面湧下來，乘客有秩序地走向站台，一班車來，載走一群，再來，再一群，像已植入晶片的人種，不爭先恐後也不推擠衝突。即使在很久之後的某個時期，那麼慌亂的如一顆小行星墜落的末日那些日子啊，一樣有禮有序，也不知道是怎麼訓練出來的。那時候搭地鐵方便迅速，值得信賴。那時候，相親相愛，不知道什麼叫背叛，純情得很，那些年輕人。陳奕迅〈當荃灣愛上柴灣〉的歌詞，說男孩每次都送女友由荃灣搭地鐵到柴灣，車資貴車程長，「但你東面，我西邊，頭到尾（⋯）為你保護，這開支，如重擔，深深慨嘆，能力只會能應付太子站⋯⋯」年輕的愛情，在地鐵車廂悠長地相偎相依，近末班車，空蕩蕩的，輕飄飄的，港式愛情。

後來也搭小巴，更多選擇，紅巴綠巴，長線短線，什麼山旮旯地方都去得到。上車給錢，下車大叫「下一站有落」，廣東話還生疏，所以緊記要落車站名，還要大聲吆喝，怕司機聽不見。小巴老是橫衝直撞，不讓人站，要有位子才給上車，排得老長，但一下子車又來了，車資也比地鐵便宜。普通居民都搭小巴。

香港的交通真方便。還有電車，也是庶民恩物，兩塊錢一程，大多數人都直上二樓，沒有空調，可以把車窗開得大大的，迎著風，由筲箕灣到上環跑馬地，由北角到石塘咀。香港島北邊坐著電車遊蕩最好，一站一落，叮叮噹噹，在大馬路上兩條蜿蜒曲折的地軌，深深刻著香港歷史，黑白到彩色，影影綽綽跟著白天黑夜的電車，叮叮噹噹的如一首南音，跟隨到石塘咀，《胭脂扣》的張國榮唱起客途秋恨：涼風有信，秋月無邊……我還看到拿著拍板的阮兆輝，唱著最老的版本，孤舟沉寂晚涼天，歌聲穿透時間，去了黑白的世界，哀怨悽楚，縈繞著那久違的香港，只剩一輛雙卡電車，經過灣仔銅鑼灣到中環上環西港城，漆黑的天空，叮叮，叮叮，阮兆輝的南音真好聽。

還有那些城巴九巴迷粉，把每一條路線、每一種車型都熟稔於心，開群組討論，誓把每一車型坐遍。若有某輛巴士退役，巴迷群聚悼念最後一程。巴士如人，我們登上雙層巴士上面最前的位置，視野廣闊，兩邊的高樹倒退如過去的自己，俯瞰下面街道行走的人們。距離拉開之後，城市變得比較溫柔，迎面另一輛雙層巴士的另一個乘客，打個照面，不前不後，渾沌不明的當下交錯的那緣起，當然不會有以後，有也是喝了孟婆湯，誰也不記得誰。

那麼小的地方，有那麼如蜘蛛網般遍及區域的交通工具，迅速便捷，但是我下了飛機，那熟悉的地方和氣味都被一團迷霧包圍著。稀疏的旅客，我搭上計程車，壓抑的氣氛和黑夜一樣，有些交通燈壞了，車子都小心翼翼開著，我閉口不語，因不知道司機是什麼人。有一個朋友在很久以前描述她回香港的感覺，當車子過海底隧道，那白花花的燈光照亮前路，她才放鬆了。香港是家，是不用戒備不需緊張的地方。我明白那種感覺，但現在那奔馳而過的路燈在背後，城市已經開始改變，它如巨人伸一個懶腰，地面晃動而動物竄逃，植物枯萎。詛咒來臨，比我們想像的還要早，樂團早就收起所有樂器離場，舞台空蕩，無人跳舞。

我由他方回到以為是我的此方的城市，才知道已經失去了它。迷霧森林的巫婆並沒有出現，而預言像腐敗的蘋果，你不敢再咬一口。我一路看著我再不認識我曾如此安心的城市，司機把車停在下面，說上不去了，全是路障，很危險。我拿下大行李，一個人走往之前才需六分鐘步程的住處下面，平日人聲鼎沸的大商場如一個黑洞，玻璃門嚴嚴實實地關上，有一面牆用木板釘上，怕玻璃易碎。平日的我，由上往下走到商場下的地鐵站，捷徑有個小公園，扶桑花開時大朵大朵，七里香的香氣漫在身邊，有小池塘和小涼亭。香港的公園真多，有時一轉彎又見一個，鑽進去休息一下再出來面對這擁擠的城市，回一回氣，是德政。我才離開一個月，黑漆漆的路面沒有人，我等待家裡人下來接我，路燈被打破不亮，微微的星光照著這廢墟般的城市，巫婆沒有出現，馬克白正一直一直洗他沾滿鮮血的雙手。我和家人推著行李箱往上走，路面有石塊堵塞。是戰爭嗎，前面有水柱噴出。我沒見過的香港，變臉似的對我直視，什麼不變什麼照跑照跳，什麼約定什麼堅定的承諾，香港人周星馳說用輕佻的表情，說一句：挑。我們還可以躲進電影院裡，看《男人四十》的中文老師張學友用廣東話吟古詩，那老舊的語言，吟起來有一種古典旋律在蕩漾。而我都忘了，是怎麼走到這裡，由鳥語花香到破壁殘垣，由盛而衰，我回家，卻走向無光的所在。

一路上坑坑窪窪，行人步道上的磚塊被挖出疊成一個小路障，紅色的消防栓被打開噴著無盡的水淚，只有藍黑的天空微微透出的光照在這裡。我們用手機的電筒照路，恐懼吞噬著我們的信心，活到現在才知道激進是什麼。還未到戰爭的地步，但安穩已經被打破，如一場急雨一個暴雷。我們往上走，那一棟棟的建築物齊整排列，遠看還是一樣，沒有什麼事發生。宿舍的燈光閃亮，但世界崩壞，如張愛玲說似一疾駛的列車。我行李箱還帶著A&F美術館的淺藍罐子檸檬餅乾、英式紅茶包，那個帝國包覆著時間的糖衣，遠在此方的人們都記著。在這一段回家的路上，遠遠傳來救護車的聲音、警車的聲音，尖拔地嗚呼著，把所有安靜安穩都打碎一地，把那直腸直肚的香港精神，那一切都不驚不懼的臉色。像有著一層保護罩，那種自信，不是源自生活而是源自體制，辛苦卻可以昂首不懼的放肆，我總覺得那樣的香港，真可愛。

直至今夜，那麼漆黑的秋日晚上，被掏空的城市，明早醒來會不會重新開始？再回到原點？要不要再回去那個混亂但有序的城市，叮噹的電車，準時的地鐵，排隊等著的小巴、城巴，如螻蟻般的人們，每一個，即便在這擁擠過度的地方，都是自由的，像一隻隻麻鷹，都是安全的，被確保安全的，即使是螻蟻。

那個暗夜，被潑灑的暗黑的鮮紅的油漆般的，再擦不乾淨永留痕跡的晚上，我才知道，時光機正式啟動，我們被告知，再見，香港再見。

平板的想像

一則：深水埗大南街，以至汝州街、基隆街，這兩年雨後春筍開了一家又一家的精品店、咖啡店、素食、義大利麵、簡單的日本料理、巴斯特蛋糕、小甜品、環保食物用品。每一間都小小的、裝潢得很精緻，木材的座椅，柔和的光，而且裡面總有散落的客人，年輕人文青的打扮，精緻的面容。他們戴著日本出產的小帽子，腳踩著馬丁博士或是真皮短靴，揹著大布包或者是簡單的皮背包，出入在這些小咖啡廳小書店小染布店，不出現在銅鑼灣、中環、尖沙咀。而這個小區雖然進駐了這些小店，大塊面積仍然是破落的唐樓，一家家的車行、小雜貨店，賣一些傳統的文具，一家家的布行；在公園休憩停留的落魄人，守著巴基斯坦印度咖喱、薄餅的小店。那兩方風格像是一張並沒有規畫好的塗鴉，刺眼的顏色，全然不相干的圖案，在形式上已然失敗的圖畫；但是在內容上，你不知道它漸漸會變成什麼樣子。一大塊的區域終會被這些精緻的小店占駐？還是最後都敗走深水埗，又還原成為一個只有流民異國者暫居者，無人愛無人疼的荒漠之區呢？

我也進去喝一杯不便宜的咖啡，和有點貴的抹茶蛋糕，小小的空間，牆上的小書架跟吧臺上一些裝飾。我不免想到這些年輕人，他們都是做什麼的呢？可以在不是休假的白天，跟著一兩個好朋友坐在這裡輕輕聊天，或者是滑著手機或者是看書，這樣的畫面絕對符合過著小日子的期望。咖啡的香氣充斥在整個小咖啡廳，悠閒的生活居然是在深水埗發生。雖然對面的車行技工正用氣壓機抬起一輛車鑽進去幹活，旁邊的小士多一個八十歲的老婆婆坐在門口跟過往的行人打招呼，有一個小學生跑跑跳跳地過來買了一瓶醬油，又走了。我彷彿回到我的童年，但是我又在年輕的這一邊喝著咖啡，而實際上，我已經來到黃昏應該喝茶的年紀。

我對女兒說：下次就別帶我來這種地方吧，我覺得我是全場最老的人，那是你們的場，不是我的。就像上次一家三口找一間吃素菜的小餐館，不管裡面或外面排隊的人，皆充滿了年青的笑聲談話聲，都是這些類似的小文青的孩子們。他們點著好看的漢堡，新鮮的素飯，或者是魚香茄子義大利麵粉，各自聊著天吃著飯，幾乎讓我以為是繁華盛世。這種錯覺一放到臉書或者是社交媒體，就好像兩個平行世界，端看你要怎麼樣的生活，你選擇怎麼樣的想像對象，一邊淒風苦雨，一邊歲月靜好。又或者我現在看到的：他們不再追求平板單向的風景，馬照跑舞照跳，放著各式的聚餐吃飯美食旅行，也放著讀書活動對現實的不滿。我常常覺得錯亂，可以同時快樂與憤慨並存，可以同時嘻哈並流著眼淚，可以同時安靜與大吼。我們在心裡嚴厲評判著，但如果他們可以過著兩生花的日子，為什麼不呢？日子總要過下去，他們已經夠辛苦了。

這就像早期的台灣年輕人一樣吧。他們在這裡學習如何和悲憤共存，繼續放著那些反對反叛建制的音樂，一邊起舞一邊流淚，一邊平靜一邊澎湃。我看著對面的這一個我熟悉的年輕人，她終究會變老，但是世界並沒有給他們太多的機會享受青春。那個傷痕一旦割下，疤痕永遠搔癢著。但是有時候我冷酷地想，時代給你們的，不僅是創傷也是考驗，無人有資格代你們站出來。在我那個時候，我們確實也這樣，做了默默的支持而不發一語。這個時代背棄了你們，那種不甘心的火種流竄到世界各地，每一個剛剛落地適應新生活的個人跟家庭。但，真正被放逐的人，卻是在這裡喝著一杯好咖啡、放出一張歡樂的照片，看來沒什麼事的人。

平板的想像限制了我們對所有深刻內部攪動不安的心理的同情，不能如跳木馬般平穩而均衡落地。平板的想像如行走在海洋之上遇見暴風的旅者。我們經過了塞王唱著危險而誘惑的區域，我們不顧一切朝向那貌似平靜而優美的歌唱者，想尋求撫慰，卻忘記了那底下的驚濤駭浪邪惡亂流。我們真的以為在面臨抉擇的時候，知道怎麼做？我是跟隨著我們的制約和有限的想像，構圖一個年輕人應有的未來人生，而現實永遠比虛構的故事，更超乎我們自以為無限廣大的想像。

穿著深咖啡色圍裙對著我們招呼的女孩，向我們介紹餐點，有禮貌的聲音，但是我聽不出來裡頭的歡愉。是我要求太多？但我要求的不是為我自己，而是為了她，這個面容姣好的女孩。不太快樂的土地如何長出快樂的孩子呢？隔條街的咖啡館一對男女，帶著一隻黃金尋回犬，在咖啡廳門外坐著，狗兒安靜趴在地上。我確信如果她或他們願意，在那小小的範圍之內，可以把世界變得幸福。只要在圈圈裡面就好，但是要確保自己不會踏出圈外，否則你看到的景象就突然崩塌，過去的噩夢會來找到你。

我們會不會漸漸忘記了許多事情？我們的激動，我們的眼淚，我們的悲惘。我們會不會漸漸適應了這樣的小確幸？時間拉開了我們那幾年的悲憤與苦惱，結痂的傷口偶爾因為天涼覺得有一點痠痛。到了現在，許多人還在被懲罰被流放，他們說，已算是好的了，好像比較這條街的咖啡哪一家香氣比較濃郁。而我們不是只有對不起年輕人吧，所有在心中切割分類站在一邊的，不管是老少男女階級或外方勢力，三叩首。我們想談的想做的想依附於心中所向的黑白，不是只有年輕才擁有的特質，而沒有人再問公理和正義的問題。詩人說，「是現實就應該當做現實處理（…）天地也哭過，為一個重要的／超越季節和方向的問題，哭過／復以虛假的陽光掩飾窘態」。

誰沒有窘態呢？我們如今都是戴上面具披上黑袍的人，像《神隱少女》那找尋自己靈魂的無臉男，我們不輕易示現我們的真情，但我們多需要得到某一些特定人的肯定。如果沒有那些人，我們的存在沒有意義，我們坐在空曠的車廂裡面孤獨。我們由純真的人投入現實中，跌跌撞撞成為想幫自己找一個出路的人，無助。我們無法摘掉面具、脫掉黑袍，那就是我們的本身，無奈。這樣的我們，如果不是變成全然沉默，就是臉上泛著冷笑譏諷的旁觀者。原來這個世界教曉我們的，是不能用情太深，否則你不能全身而退。但從另外一方面來看，這世界不是充滿一堆自以為是的傻子？像我？

狗兒醒了，伸了一個大懶腰，牠的主人們也喝完咖啡準備付帳。這裡不是西貢也不是赤柱，那些外國人居住的地方一樣有著許多的狗兒，他們的神情比較歡愉平靜，他們的文化教會他們在異鄉應該保持的距離與應有的禮貌。而且他們居住的地方有著大海有空曠的花園，有新鮮的空氣。我們這裡的小花園就住滿了老人跟巴基斯坦人，一條街上，破舊的小店隔著新潮的小店混雜在一起，到了晚上，咖啡店打烊，燈火全滅，就又再回復原狀。或許再過幾年，它會變成全新而吸引人的區域，但是那些老舊的樓房裡面住著的人會到哪裡去呢？唐樓的樓梯往上望去是一片黑暗，老人家在飯餐廳買了一袋的兩餸飯盒，慢慢走回家，還得爬上五六層樓梯。咖啡的香味有沒有飄到他們的身邊呢？獵人書店外面沙發上坐著兩個女孩，正在拍照，擺著姿勢，我是不是應該不要那麼犬儒而憤世呢？

這個城堡裡面住著人嗎？我們試圖把那厚重的大門打開，像被拒在門外的K，高貴的伯爵先生永遠不露面，裡面發生的事情只有他們知道。城堡所在的那個山崗籠罩在霧靄和夜色裡面看不見，即使一顆星也沒辦法顯示有座城堡屹立在那裡，它被建構的意圖只不過是一個權力的象徵，我們都跟K一樣地失望了。它應該有一種比普通住房更為崇高的目的，比繁雜紛擾的日常生活更為清晰的含義，但它沒有。

讓我們來聊聊卡夫卡《城堡》裡面的無知吧。客棧的老闆娘對著K說：「你對本地的情況這樣無知，簡直叫人吃驚，這種無知不是一下子就能開竅的，說不定永遠也沒有法子叫你開竅，可是只要你願意稍稍相信我一點，把自己這一份無知藏在心裡，你還是能學到好多東西的。」但是K回答說：「當然我是愚昧無知的，對我來說，這是不可動搖的悲慘的事實，可這也給我帶來了一切無知的好處，那就是我有比較大的膽量，因此只要一息尚存，我就準備這樣愚昧無知下去，準備忍受未來一切的惡果。」那麼無知也算是一種祝福吧。我們始終無法得知城堡裡面的主人和他如何影響整個村子，那神祕的力量並不是我們想要打破的，我們只是卑微地想知道那神祕的力量是如何產生的，我們所恐懼的到底是什麼東西。無知所帶來的膽量，其實只是想打開那一道門，只想卑微地了解，所有一切事情如何發生、如何扭曲？然後變成不可說不可說，像一個禁忌。那個象徵的城堡裡的主人真實存在，或只是我們的想像？

平板的想像，讓我們恐懼，讓我們被圈在一個小小的世界，從來不知道什麼是真正的飛翔、放鬆、自由。平板的想像，讓我們像城堡外的那些子民們，總有一朵烏雲在上面籠罩著我們，而平板的想像必須要靠無知的勇氣來打破，才有順暢的呼吸、新鮮的空氣和你毫無罣礙的心。

懷舊

以前在港島，住處對著一片小海灣，起霧時漫漫無邊際的白茫茫遮掩外面世界，有汽笛鳴起，嗚嗚長響才知有條船過來，又走了。像一齣無人的電影，景色已經告訴你，不要探索，霧氣繚繞你什麼也看不到。窗台的玻璃面上起了水霧，隱隱約約的外頭，只是你猜測的一兩個船隻，像鬼船瑪麗號由西往東方的海灣駛去，鬼魅般不真實。那幾年的霧真大。像新的環境的我，像望著外面找不到焦點的流放人，蜷曲著，一隻綠色的毛毛蟲，找不到綠色樹葉棲息。

直到我們搬到九龍，一天光曬，廣東人講。以前的路線，以港島線為主，不是灣仔中環，就是銅鑼灣北角，過海也只到尖沙咀旺角，連西西說的長沙灣都沒去過，更別說荃灣。那個十年過去，香港變化不大，也可能我變化不大，銅鑼灣電車路下，走一段到聖保祿學校，由幼稚園到小學中四，接送放學，禮頓道旁有棵大榕樹，鬚根見證年歲，波斯富街的利舞臺，翻新前還掛著「利擅東南萬國衣冠臨勝地／舞徵韶護滿臺簫管奏鈞天」，一派古意。聽老人家說她以前都是來這裡看劇聽曲的，那時的利舞臺戲院可熱鬧的，台灣歌星青山、謝雷瘋迷全港婦女，還有孔蘭薰、閻荷婷，每幾年就見一張張海報張貼。那時還沒有時代廣場，鵝頸橋街市像舊式市場把海鮮青菜水果擺到人街道上，不能停在一處太久，你抬頭看到那垂直仰天的高樓大廈，舊式的樓宇並不高大聳動。若有一個人在高處望下來，我們如螻蟻般布滿在狹窄的街道上，或突然發現香港的人口真多，多到你一定要即使混在這擁擠人潮，你都不會失去仰望藍天的能力。當然，你先要看著地面，不然路面濕滑，不小心跌一跤撞到人就不好。在香港習得武功，就是在人間煙火裡熱情地投入，反正很渺小。一大團等過馬路等地鐵等巴士等的士的人，排隊等茶餐廳幾餸菜車仔麵的人，拿著號碼在門口等壽司店下午茶甜品店叫號的人，時間浪費在等待無所謂，因為總有個結果，總會叫到你，很篤定篤信一套規則必有一套回饋等著你，因為人多，更相信一步一腳印。而街市那吆喝的賣魚賣菜的，呃斤呃兩小小的詭計還是有的，但一定不會吃水甚深。大家理直氣壯地活著，而那時我不曉和人講價，廣東話也不好，那些魚佬賣菜女人說話大大聲，我聽了就悄悄到超市去。現在懂得和人聊天，那些吆喝的人，都成了街坊，我成了半個香港人。

銅鑼灣Sogo每年週年慶，許多人沒東西要買也一定要去走一走，人擠人，去過一次，場面壯觀，就不再去了。但那裡有的咖啡好喝，初來香港找不到日式咖啡，只有少數幾家，和朋友約，就常約二樓這家UCC，叫義大利麵，之後來個雪芳蛋糕（chiffon cake）。雖然地方狹窄，不是好聊天的場所，但喝著香味四溢的咖啡，非常之滿足。咖啡廳是開放式的，隔著小小的木板，裡外都看得清清楚楚，逛百貨公司的人，常駐足看我們吃什麼。虹吸壺滋滋地把水拉上，再往下，酒精火移開，美妙咖啡往瓷骨印花的咖啡杯倒下。物質生活真好，尤其在香港，是把物質生活發展到極致奢華的代表，像一匹織錦鏤金絲的布，一捲捲拉開。最好的米奇蓮餐廳，最貴的地標，在最高的ICC吃日本料理，看到突然爆起的煙火，喝很好的清酒。大家都在落地窗旁拍照，一百零一層樓，耳朵發鳴，大家舉杯。中環也有高樓酒吧，在高層的平台有厚布料的沙發搖椅，搖著搖著，要昏眩如你想在高樓平舉雙手，像鐵達尼的凱特・溫斯蕾上身，因為那姿態是一種迎風的自由。

最大的銀行和一家家由各流行國度插旗、展現最高等級高富美的鞋履服飾品牌，形象經營，接軌國際一點也不違和。外國人士太愛香港，那是他們對異國情調和想像的化現，而經過英國人經營，又符合歐美潮流風格。那些名牌旗艦店兩層樓面，明亮寬敞，排列組合男人女人對理想生活的定義。販售美好生活的俊俏男女員工，穿上他們品牌的制服，證明皮囊被某種高級服飾所引發的自信和光彩，都是真的。那不過是很基本的心理常識，但我們樂此不疲，物質生活就是迷宮一樣的樂趣，你不一定找到終點，但你追求你存在。

香港是老派貴族，你看半山彎彎曲曲的蜿蜒山路，道狹車稠，望下去如樂高疊疊層層的建築，一大片的海洋，安靜地鋪在島上，喧騰的地面隔了一個距離，變成靜淑美女。尤其在夜色起時，燈火闌珊處，會生活的英國人瞭曉香港的好處，不和庶民爭交通便利的地面，他們往人煙稀少的山上，形成一個部落，一種生活風格，連許多新來乍到的富豪也只能跟風，在山上駐紮。一個太平山頭，若一顆炸彈炸下來，大半的香港有錢人都可能讓香港經濟停擺。密集是特色，沒有無人之境，再大的豪宅旁邊都有鄰居可以打招呼，但你居高臨下，氣勢不同。到香港來，不要住海邊，要住山上，有仙則名，才有舊殖民地的風味。

九龍是後來新興的區域，香港人滿為患，到九龍未開發完全的半島來，像電影中美國西部的移民們，充滿了可能性和小小的冒險精神。比較遲到的新移民落戶到九龍，找到安居的地方。很久之前，一八六〇年〈北京條約〉把九龍今天稱界限街的南邊租給英國，再過三十八年，再把界限街北邊的地方、新界和眾多離島都借了，只有龍蛇混雜的九龍寨城，英國政府嫌太難管理，不要。那一小小地圖上一個小黑點，沒人要的孩子，反而像野草一樣肆無忌憚。一入城寨，鐵皮屋裡有黃有賭有毒，通緝犯強姦犯政治犯，無人管的地域，違章建築隨意建造，沒馬路只有小巷。偷水偷電，沒有的就在昏暗的世界存活著。《省港旗兵》、《追龍》……把真實那個如卡夫卡的城堡變成虛幻的黑夜國，普通人都要繞道而行，成了各種黑暗勢力溫床，一個個黑社會的悲劇都在那裡。曾經是世界上人口密度最高的區域，宛如地獄，是人間的地獄，不在下方，就在這裡。九龍流著膿水的瘡疤，一個黑洞。

但那是好久以前的事了。三十多年前，終於港英政府和中國政府都有共識，九龍寨城要拆除，居民搬到附近的美東村，而那一大片幽暗飄浮的鬼域，現在是綠樹遊樂場和球場。你在上面踩著過去的幽靈，黑暗之心還怦怦響著，但你不念舊，穿過它，就是好吃好喝的九龍城。

搬家到九龍，上有九龍城，下有深水埗，不走中環銅鑼灣路線，景觀也稍稍不同。那兩匹布料攤在一起，一見分明，素樸的顏色亮麗的顏色，氣味也不同，沒有香水店飄出來淡淡的玫瑰茉莉薰衣草人工味。那裡有濃濃的飯菜味、汽車味。習慣走路之後，走到九龍城，經又一城商場到綠意盎然的公園再往上，下歌和老街，經浸會大學到樂富，再往前直入，可以轉進城寨公園再出到九龍城。

那是蔡瀾周潤發常去的地方，總有人野生捕獲大明星。那個小區是另一個視角的香港，有泰國餐廳火鍋店九龍城街市，曾經的暗藏黑道流亡人士黃賭毒的九龍城寨，現在依在九龍城旁，成了老人孩子休憩玩耍的公園。黑白片變成彩色，沒有傳奇也無有故事。連地鐵都蓋起，舊日風情都要退位，房價大漲，現在只有一兩棟高聳的建築物參差在六層樓高的舊唐樓，沒有電梯，要一步一步往上走，狹隘曲折，無光所在。一棟棟唐樓都人去樓空，黑漆漆的樓梯往上可能有一陣風吹來，牆面上貼著小小的街招，通渠的、按摩的、找房出租的……已經發生的故事在一個個鐵門內搬演無數次，未能發生的故事再也不會出現。我們在這裡也只是找好吃的潮州菜泰國菜，泰國人多，都聚在這一區，潮州人也不少。有人特登到九龍城買些在別地方買不到的食材，老餐廳都有幾十年的歷史，但一家家默默地關門結業，新起的是新潮乾淨的日本餐廳、西式料理、小糕餅店，洗街形式地剝下一層皮再換上一個新面孔，一條街道幾個星期沒去，就又不見了，茶餐廳、菜檔、泰國雜貨店。也沒什麼，一雞死一雞鳴，現在過渡期，新的舊的、老的年輕的，都來湊熱鬧。那已結業的公和荳品廠，其實就是一家小店，各式冷熱加糖不加糖豆漿、祕製辣椒、腐乳、煎釀三寶（把魚肉打成糊成魚漿，不做魚蛋而鋪在茄子、青椒、豆腐上面），熱騰騰地上桌。蘿蔔糕燒賣咖哩魚蛋腸粉也有，最好的還是豆花，紅豆、薑汁各種口味，我只挑純豆花，撒下一匙的黃糖或糖漿，白色黃色像一朵小花。圓圓高高的木桶用白布蓋住，但其實已分了一碗碗放在透明雪櫃裡。公和裡的女人跟著熟客大大聲說：「我前天還看到發哥在德昌買魚蛋，你要下午四五點到啦。」聊完又說要結業，這棟樓已經被全部收購，一戶戶都搬出去，死線是下個月。「冇法啦，又搵唔到平租的店面，執緊啦。」我跟旁邊的人悄悄話：「又一家。記得這個月再來一次。」

很多呢，網上一報，什麼什麼老餅店、舊麵店、茶餐廳要收鋪走人，一群又一群懷舊的香港人就搶著幫襯，隊伍老長都轉到另一個街口。奇怪的是很多年輕人，網路的力量真大，年輕人的力量真大，他們之前或連餅店的菠蘿油都沒吃過，但一聽結業就山高水遠地排隊支持，他們說的「撐」。一家家老店的結束，是時代變遷的結果，沒什麼一定要撐的理由，但年輕人不只貪新，也懷舊。太早懷舊，因為失去太多，他們正在建立自己的香港回憶，沒理由那麼快就消散無蹤。但老一輩的街坊就真的是失落了。每天下樓買幾個提子包方包菠蘿油，是讓孩子們帶上的早餐，外加維他奶；下午茶有蛋撻司空杯子蛋糕，再來紙包檸檬茶，絕對是庶民良品。門高玻璃新的高級餅店，展示的是不同的生活品味。品味由價格建構，灣仔、九龍城老區人民買不下手，但另一邊的林立的新建大樓，裡面的醫生金融人士專業人才才是主顧。還未完成洗牌的老區像九龍城灣仔，像要變身前的蠶蛹，奇異新舊的組合像隨意放置的積木和樂高，舊的是紅色棕色的積木，新的是燦黃光白的樂高，小人兒走入其中，看著關帝文武廟的香火，旁邊是正興建的四十層住宅大樓，而囍帖街那小巷，謝安琪唱完現在已消失，新的高級建築入駐：「就似這一區，曾經稱得上，美滿甲天下，但霎眼，全街的單位，快要住滿烏鴉，好景不會每日常在，天梯不可只往上爬……」

來不及，來不及，連懷舊都好忙。天星碼頭、舊大館、囍帖街，還有九龍城那唐樓上沿著窗花掛著的衣衫，隨風飄起，而當蠶蛹化蝶，就要「忘掉砌過的砂，回憶的堡壘，剎那已倒下，面對這，墳起的荒土，你註定學會瀟灑」。

黑白影像的城寨隱隱在五彩的九龍城那交錯縱橫的方型地域飄揚著，像掛著的舊衫，一個老靈魂，風吹雨打的招牌，影影綽綽地重疊在早就變質的老區。是舊墳堆砌的新墳。

九龍塘

九龍人多車雜，但那說的是在深水埗長沙灣的平民區，九龍塘就不一樣。雖然只隔幾條街，由窩打老道一轉入，或是九龍塘地鐵下達之路，走牡丹路，在許多以花草命名的像紫藤路、壽菊路隨意走入，一下子車道上就清靜了。來往的車輛都是附近住家的，有的平房有的幾層樓高的屋苑，小小的洋房白頂綠頂，有花有草，都是幾十年前的建築，不豪華。但現在在香港，尤其這個地段，身價是不得了。有時停下來看著逸出牆外的扶桑，粉紅的花朵，門內立著兩隻瓷狗，黑點白身，是一〇一忠狗，盡責地看著門。這種小門小院精緻的人家，堅守在九龍塘，不賣不重建，一排矗立，成了美麗的風景，每次走路，都要和那些花兒狗兒打個招呼。

香港島的洋房豪宅都建在半山以上，彎彎曲曲的狹隘車路，愈幽靜的地點愈是昂貴，兜兜轉轉才能找到。一到打風下雨，應該是不方便的，但香港承英國風氣，山頂的霧與風，絕對的寧靜和孤獨，像隔音室，你上了山就將山下繁華嘈雜的聲音隔絕在外。並不是每一個有錢人都受得了，但那是入豪門的門票，住久了，你就會習慣，變成一個空曠大宅裡的身影。當然，也可以夜夜笙歌，像《第一爐香》薇龍第一次看見那些衣香鬢影的男人女人，在樓上聽著聽著，彷彿在另一個世界，有涼涼的絲綢滑著手臂，不黏身，音樂合宜輕鬆舞步，每個大宅都不寂寞，它吸引著想一窺究竟的賓客，直到曲終人散。

由香港地面開車上來，左轉右彎，幾乎迷路。我站在一片斜坡上，往後看三層洋房，優雅的女主人養植松柏，而男主人的長型鯉魚池游著各式的錦鯉，一丟食糧就成群湧過來，真是壯觀。這是上層，上流，但不像下面是上市主席兩地出名的科技公司老闆，再遠一點是匯豐大班住宅。主人家是真的藍血統，書房的書是往上延伸要架子才拿到的。住在香港山頂，不只是錢，還是一種身分，就像搶著入名校的孩子們，那標籤代表你可在上流社會流動，再過幾代，你才能被認證。而香港這地方，太值得有錢人做這種投資。錢和權的掛勾，只會讓你更理直氣壯地成為話事的那一方。你站在香港高處，像所有眼下的你都可以擁有。

九龍塘不一樣，是高級住宅區，但接近人間。我們在這一帶遛達，是適合散步走路的地方。一條大路全是二樓的平房，安靜而且沒有閒雜人等，除了我們。金巴倫道一帶全是獨門獨院的洋樓別墅，那時的新有錢人到這區買地建房，李小龍的故居栖鶴小築就在四十一號，周潤發也住在這裡。現在這些別墅全變成幼稚園、神學院、道家學院、時鐘酒店。在寸土寸金的市中心，原來的建築外觀還可以保持原貌，只是裡頭的裝潢和主人，都不復在。那個空殼，被掏空之後，是風乾的歷史，像一串串的紅辣椒，那些嗆人的回憶已經不見了，只留下一點點味道。你找不回來的，如電影般的臨場感。但也好，這條街就這樣吧，純住宅，一家便利店和咖啡廳都沒有，幽靜得像隱藏在市中心的浮動空間，就在最多人流的地鐵站旁邊，你常錯過，因為你急急忙忙像看著掛錶嚷著來不及的兔先生。若不是疫情，若不是改變了生活方式，你不會慢慢行走，誤入那些九龍塘的街道，看到一棟棟門大景深的洋房，有的剛被買入，正大肆整修，有的已經有些殘舊，更有的像廢棄多年的鬼屋，那些後代子孫，因種種原因放任不理。或許他們在加拿大英國澳洲，也有這樣的大宅第，無所謂？有錢就是任性。在寸土寸金的九龍塘，荒蕪的大屋會不會有一個爭產的故事、一個愛情故事，或是一個遠走他鄉的故事？因為龐大的空虛的兩層樓房，偌大的庭院，是人人，尤其香港人，稱羨妒忌的安居之所。隔一個區走二十分鐘的路，你走下石峽尾深水埗的一百五十呎公屋，五十呎（約 4.21 坪）劏房，狹迫的空間和濃郁的味道，唐樓的石階延伸往上，牆上貼著除木蝨、通廁所、通渠、漏水甚或一樓一鳳的小張貼。經過陰暗而發霉的階級到達人間即地獄他人即地獄的二次元世界。有個二十八歲男生由內地來，他沒床，睡覺就把撿來的辦公室大班椅仰後，兩腳往書桌伸直，兩年，一樣姿勢，他可還沒懊悔想回家鄉。那是看不見的香港，不會放在東方之珠廣告上的正面，也不合適張揚之惡。它被收攏在一個小暗袋裡，理所當然地被忽略無視，像那些棄廢洋房的靈魂，一起並列，都是香港，都是月亮背面的香港。所以，籠統的地名終於有一點意義，你站在這區走到那區，華美的偈促的，都近在咫尺，像 Tracy Chapman 的〈Fast Car〉唱著：「就算什麼都沒有，窮者無懼／也許我們能創造出什麼來／但是我沒有學歷、背景、關係／也沒有目標／我該做什麼呢？你有一台車想去哪裡都行／我也做好我的人生規畫／我去便利店工作／我們省吃儉用／還可以剩一點錢／我們可以先這樣將就過著／只要我能離開家就好。」

窮者無懼，不怕失去，九龍塘的居民無法那麼瀟灑，背著殼的蝸牛都不能橫衝直撞，那大洋房小屋苑裡精緻的擺設、停車場的好車、家裡的孩子，都是要寶貝的對象。在香港，那是尖銳清楚的一條紅線，差距那麼大，遙不可及的目標像星星一樣，閃著亮著，刺痛你的眼。

但香港人多數不憤世嫉俗，安天命地過日子，要怨只怨自己不爭氣。是個革命不起來的地方，罵咧兩聲依然低頭做事。現實生活中充滿著煩惱，但務實的人只有臭著臉，排長長的隊等公車，買兩餸飯當晚餐。只要你離開九龍塘，你眼中風景由印象派轉入現實主義，由寬敞街道進入窄巷，所以你不想離開九龍塘走到真實的人間。

如果你往北向九龍城方向走，經過城市大學、浸會大學，有一個小山坡，那裡曾是風起雲湧的新聞重地，香港電台，和另一邊的畢架山遙遙相呼應。那時候，廣播道是一個傳奇。而那時候其實也並沒有多久。許多香港的歌星明星、新聞記者、專業人士，都用到這一個小小的山丘上，發聲，宣傳。在廣播道香港電台門口，總看到大明星小明星上上落落，梅艷芳張國榮陳奕迅……香港新聞娛樂事業都在這裡發生，直到現在，靜默無聲。

兩百多年前，九龍塘有居民兩百五十人，住的是客家人。因為在大角咀和芒角咀中間有一道淺的水灣，後來在淺灣上築了一道海堤連接深水埗，海灣漸成水塘，便有九龍塘之名。

英國規畫師霍華德（Ebenezer Howard）提出城市花園的概念，把住宅和工商區域分開，洋房的建築六比四，最高三層，就是現在看到金巴倫道那些優雅古典玫瑰園式的小區。那時九龍塘花園城市開始興建，在八十畝土地上建了兩百五十棟獨立或半獨立附有小花園的兩層平房，並有學校、遊樂場等設施，吸引了不少英國富商到這裡居住。區內街道多是以英國的郡名來命名。但也就因為不能改建高樓，業主的後代只能把房子轉售，或是租給合適的行業，像是幼稚園、婚紗攝影公司、時鐘酒店、老人院……真的住戶已經不多。

他們說看過周潤發在八號風球後親自整理家園，有些時鐘酒店成為香港地標，有人慕名而來拍照留念。這地方像會發生故事的場景，但很多時候，是靜止的時間和空間，是被遺忘的地方。《祕密花園》的作者弗朗西斯．霍吉森．伯內特說：「這是我一生中做過最有趣的事情了，關在這裡，將花園，喚醒。」

我嘗試喚醒九龍塘這一條祕密的街道，大門內所有曾經發生的、已然失去的人們都回到他們的洋房，孩子們彈著鋼琴，歡笑，而自豪的父母在旁邊看著，是電視劇情較高級的部分，和公屋裡窄迫雜亂的親子關係不同。錢在世界各地都重要，在香港更重要，更容易令人瘋狂，但我想喚醒的是更褪色如一張張放在摩羅街賣古物的小攤子的舊照片。被保存的過去，已經像一張死亡證書，確認這些在照相機裡的、穿戴正式的個人或家庭，他們在早晨喝的一杯熱氣裊裊的茶或咖啡，那溫暖的感覺，都靜靜地在照片背後，在你翻到那一張有時間氣味的相紙之時，偷偷地探出頭，星塵裡那顆星星，閃了一下。

「一個地方不可能存在兩樣東西，我的孩子，在你種下玫瑰花的地方，刺薊草就不能生長。」所以你要先幻想一個有著玫瑰花園的地方，才不會讓刺薊草迅速地蔓延開來。祕密花園的入口，我不知道，但如果你來到九龍塘，先找尋玫瑰花的香味。這一家國際幼稚園的小朋友唱著童謠兒歌，在點心時間，他們會有一個好吃的巴斯克蛋糕，和一杯牛奶。孩子們不知憂愁地笑鬧著，年輕的洋老師跟他們一起嬉笑。而在隔壁另一間養老院，有一群穿著粉色制服的護士，和一群被照顧良好的老先生老太太，他們輕聲細語地對著老人家說話，老人的子女每週會去看他們一次。能夠在九龍塘的老人院生活的老人，都有優雅的笑容，穿得體的衣服，而且有選擇的自由。這裡的住家跟商家，各分一半，各自生活。一入夜，九龍塘已經非常地靜默，像關了門的展覽館，不宜進入，除非是偷情來到時鐘酒店的男男女女，開著車悄悄進入酒店，祕密的交易。這和高級住宅區的概念相差太遠，但是在香港，可以並存不悖。

所以入夜，是離開的時候。不會有醉酒的人士在街頭大叫，當然也沒有年輕人群聚。那點著一盞燈的住家和小洋房全黑的幼稚園都睡了，靜寂街道的街燈灑在這一片土地之上，花園裡影影綽綽的熱帶高樹，風吹而樹葉一片片緩緩落下，像每一個世代的替換，原來毋需召喚，這些靈魂永遠在此並不走。

只要入夜，再深一點的夜，你就感覺到。

深水埗

由我家出來，往上走是九龍城，往下走會經過石峽尾，是深水埗區的一部分。經過盲人訓練學校，常見附近地鐵拿著細長的枴杖，輕輕敲著地面。他們不像路過的行人，永遠看著手機，大聲說電話，眼睛永遠不好好看著前面，盲人們的頭卻往往直直地看著前方。有一些是最近才失去視力的，或是意外或是疾病。本來和我們一樣，前路清晰可見，可以在咖啡廳低頭看書或玩電腦，可以昂著頭經過紅綠燈，但現在他或她要義工們在旁邊，帶著他們走下地鐵，告訴他們怎麼走路。在人生的中途失去視力，重新學習和黑暗的世界打交道，而旁邊是滿滿的擁擠的普通人，看手機講電話不怕跌倒。每次和他們擦身而過，那一股求生的氣味像野薑花細微的香味就會經過我。有一個穿著棉布衣的年輕女孩，帶著一隻導盲黃金尋回犬，雄壯威武而有禮貌地一起走進月台，畫面是那麼美麗。小孩大聲問著媽媽，狗狗都可以坐地鐵嗎？女孩前視著那跨越鐵道的巨大廣告牌，Mirror姜濤推銷的黑人牙膏，可愛地指著。他們永遠挺挺地往前看，而恐懼著除了自己以外，是他們無法掌握的黑世界。

石峽尾村是九龍最早的公屋建地，最初來港難民到這裡建了一棟棟木屋，那時一片荒蕪，聽人說這裡可以暫棲，便攜家帶眷，揹上一包兩包，開始先占地再起屋，是香港大逃港歷史其中一個小人物，在此處找一個希望。一排排木屋在山坡向著有光的所在延伸著，克難而簡陋。那是並不富貴也不優雅的香港，你在山頂看著的萬家燈火夜景並不是每一盞都美麗。挨擠的狹逼空間，充滿異味的難民屋，像有毒的蘑菇雨後春筍般鋪滿這大塊田地，直到五三年聖誕節一場大火，把木房子都燃成灰燼，近六萬人無家可歸。愈窮愈見鬼，嗆熱的刺鼻氣味，家當全沒，而人還在。港英政府再重新規畫，建造之前香港從沒有為無屋可棲的窮人建造的住屋。那時也還不叫公屋，叫徙置大廈，後改叫石峽尾屋邨，共二十九座，六到七層樓高的建築物，每個單位只有一百二十呎（約 3.37 坪），相連的中間走道有公共廁所和淋浴區。再到八〇年代，才改成每間住房都有廚房衛浴。很簡陋？但對曾經歷過逃難、生死存亡的人民，有水有電有關起門是全家專屬的空間，可以好好睡一覺的房子，已經是天大恩賜。

我走下石峽尾邨，寬廣的大馬路現在已車水馬龍，以「美」字為首的一棟棟三、四十層高樓散落在這區域，由幾百戶到千戶以上。基層民眾有安居的地方，每棟樓吸吐出來的男女老幼，工作上學買菜到公園走走。我在等紅綠燈時仰望著，這些如蜂巢般一格格漆著黃綠紅好不開心的顏色的公屋，如蜜蜂般的公屋居民辛勤工作生活，製造蜜糖般的未來之想像。香港像個流動的停不下來的大水庫，大逃港由中國來到此地的難民移民，又大移港幾次離散到各國異鄉的香港人，來來去去，每次都一大批。或經長長的鐵路，或由機場出由機場入，黑白照片變成彩色，捲軸的畫慢慢攤開沒有盡頭。有錢的人生活像一個吸引人的招商廣告，讓湧進來的移民懷抱希望，志向遠大，但除了你仰頭望天，香港其實沒什麼給你的。那些樓宇繁榮金光閃耀是畫軸的背景，但你總是進不到中心。愈在其中，愈覺得這是一個有著暗褶的雙面畫布，你是在藍灰色那一面，呈顯著住在半山或海邊豪宅永不踏足的區域。像深水埗，你抬頭都還是被大樓分割的零碎天空，阿婆老人家在樓下外石階乘涼聊天，過一天是一天。穿的淡色花紋老式仿唐裝，你要在深水埗這樣的老區，才見得到像冬眠的恐龍出來、陽光曬著暖呼呼、講著鄉下話的婆婆們。

深水埗，因埗和埠都一樣的意思，是碼頭簡稱。望文生義，深水埗以前是個深水碼頭，停泊大輪大船的地方。那時通州街還是一條長長的海邊，後來八〇年代塡海計畫，汪洋成了土地。之前，這一區早在東漢時期就已見人跡，之後有居民在元州村、田寮村和現在福華街的菴由村等地落戶。南昌街桂林街繼續塡海，許多新移民全都湧到這一區。香港有名的籠屋、劏房、唐樓，都在深水埗。人口集中，規畫混亂，一棟棟高高低低的樓宇，每條街道販賣著廉價的或批發的玩具、衣服、電器，還有一些老人家把人家不要、他們不知道哪裡撿回來的舊衣舊鍋舊玩具，當二手貨賣。一人攤上一塊布，擺上家當，呆呆地坐等有人問津，也閒聊，算是有個事做。

這區真是多人，巴基斯坦人在柏樹街那一帶，說著港普的在北河街，純正廣東話的散布鴨寮街，炒埋一起。假日還有菲律賓、印尼工人，來買便宜衣物用品，一箱子寄回家的，大雜燴似的在這裡各取所需。討生活的人沒有什麼資格抱怨，只有把物品狠狠地講價省個一元兩元，像出了一口怨氣。如果有中產階級來到這裡，可能會有一種優越感，像是早十幾年回羅湖口岸按摩購物那種豪氣。若你來到深水埗，或許是時候別再抱著夢想前進香港了。如果悄悄地走入公園，許多小小的帳篷林立著，那是連公屋都申請不到、劏房住不起或不想住的遊民，在此群聚。我們像是外星人一樣，低著頭走過。有一個女人睡著看書；天氣不熱也不冷，如果碰到寒流，他們就會被社工勸去臨時收容中心睡一晚；幾個在下棋。那關閉的帳篷裡面有什麼樣的人，發生了什麼樣的事情，而寧願不追求一個有瓦遮頭的家？我知道，台北車站、華西街一到入夜，你也要小心輕放自己的腳步，那地方有一種秩序，排列著棉被皮箱或衣物。你第一次在日本大阪看到公園藍色的帳篷，再到洛杉磯、芝加哥見到大鐵桶燒著火取暖的人，明明就在你眼前，而故意忽略這種不應該發生而早在你面前已發生十幾年的景況。

有何話說？我只是個路過的，穿過這個公園到另一出口，迎面而來的是剛起地建樓的新大廈，以各種美好的稱號，各式創作一個五星級的家的願景，購買一套三百呎五百呎的豪宅，模特兒笑得真開心。這裡是深水埗，香港最貧窮的地區，看來，這裡又要變天，而窮人們又要到更遠更偏僻的地方，找一個落腳的地方。北河街有一個街市，沿街舊唐樓那裡的劏房聽說木蝨特別多，一旦有了，就全屋都是，把皮膚當作食物，還會傳播到隔壁房間。還有老鼠，猖狂到就在你面前走來走去，那些區議員還搞了街市黑巷滅鼠行動，但只要有餐廳有街市的後巷，牠們就在那裡，有著臭渠味和腐敗食物的味道。你說國際都市，那你要到這裡來看看，但是人鼠如常生活，茶餐廳、冰室裡一樣坐滿吃餐旦治熱鴛鴦的老顧客。現在還流行兩餸三餸飯，也就是我們的自助便當，說是窮人恩物。之前賣房產的廣告，貼出幾百萬一個房，也說窮人恩物。一個便當和一間房的距離，像我們在岸邊看著對岸的花草樹木，那裡有鳥鳴花香，而你還在試著了解，到底什麼是窮人恩物？是否到了彼岸你再也不用被這四個屈辱的字，像遊街示眾的人民，把窮字刻在頭上？

別誤會，深水埗區的人民不是都不開心，他們若不用擔心住房問題，有公屋住，就可以安穩地過日子。豐儉由人，北河街市的肉菜水果，又多又便宜，一盤十元，堆滿在攤檔上。大聲吆喝著客人的魚販肉販，撿便宜的阿婆主婦，深水埗是另類微型香港。再過幾條街，到鴨寮街上，你可以找到任何你需要的家電配件、電話卡、電器和二手手機，還有鋪在地上看不出是什麼年代的電爐電話電線，我懷疑有沒有人買。倒是有許多人，那些不著急著時間的人，總是像珠寶行買金器的人，一件件仔細看著，打發時間。他們的時間不像金鐘轉運站的排長龍的下班人潮，嘟嘟嘟，跟著上車的節奏就不會撞到人，跟著主旋律你就上得了車到你想抵達的目的地，車門關上，請小心。而上不到車的人，都在深水埗。

他們在鴨寮街，閒閒的只看不買，只在地攤聊天，讓一天平滑順溜油膩膩的不用思考過到夜晚，在狹隘的板間房滑著手機，等著第二天又是一條好漢。你的貧窮生活限制了你，萎縮壓抑你的想望。以為上班族很可憐？那層層疊疊的如積木玩具一樣的遊戲，你在哪裡都危危乎。當你拿開一個積木不倒也不需開心，你是一塊積木，而這個遊戲的設定，就是要崩塌。不知何時，會不會是你，要不要先逃離？

悲觀的人是我。深水埗區每到節慶，中秋、聖誕、國慶，那俗愴的花燈花紙就掛在街燈旁，一排望去喜洋洋。我們住在香港，也不住在香港。如果它是港島那叮叮懷舊的電車，是跑馬地墳場的靜謐歷史，是半山你迂迴曲折而上那隱匿的洋房建築，是中環石板街你想像張愛玲拎著一個買菜的線袋往下一階一階的圖畫，那不是這種香港。它是在清晨有搬運工人運送水果食物，強壯的手臂刺著青龍白虎；是黃昏老人家不顧阻街的告示，堅持在地面上鋪著沒人要的用品販賣；是每個小公園都有人下棋打發時間的中老年人；是你偶爾在樓下看到濃粉飄香露肩短裙高跟鞋操不純正廣東話，對著往來男人詢問，有時拿著一個飯盒先解決吃飯問題的站街女人；和一群等著家鄉父輩開一台貨車到點，他們開給搬下貨物彼此玩笑的巴基斯坦男孩。舊建築的南昌押，黑底黃字近百年還是保留原樣，你要典當贖回，推開半截木門，是落魄潦倒的人，自然低一點，只能仰頭望。天后廟三太子廟關帝廟，舊的未去，新的已到。大南街漸漸有一群文藝年輕人入駐，當初是貪租金便宜，咖啡館甜品店素食餐廳小手作坊，風潮一起，那些穿著棉布衣腳踩勃肯鞋大皮袋的年輕人都在這裡出現了，宛如置身在小東京小台北。天氣好的時候，咖啡飄香，有的坐在室外。你恍神以為這裡不是深水埗，雖然隔壁未改建的可能是一家小士多，老婆婆還坐在桌子旁等著賣一罐啤酒、一瓶可樂。雜處的過渡時期，你看到這一區正在變身，很快這裡就是年輕人的天堂，本來的居民對不起，要搬到更遠一點的地方，新界元朗天水圍，畢竟深水埗還在九龍市區。

香港的變化，快狠準，像嗅覺敏銳的城市獵人，服膺於開發增值轉型，看他們在這裡，揹著獵槍，像一個個狩獵人，敏捷地在唐樓與唐樓之間跳躍。這是城市森林，動物就是人，大南街精緻小日子的咖啡館出現後，他們又發現一個可能。所以你最好不要愛城市，也不要喜歡上一個區，不要習慣被任何熟悉的街道和商店觸動，你要和它保持距離。那些無所事到處觀望的老人、擺破爛攤子的阿婆、嘻嘻哈哈打鬧的巴籍孩童、北河街上免費送飯盒的明哥飯堂，看似雜亂無序地轉動著。當每個人每件事成為日常，被嵌入在這區如碎片組成的拼圖上，雖然不太好看，仍然沒有人被遺漏。

你像拍照一樣留存在眼皮下，再吐出來寫成百分一的文字。中秋花燈高高掛起，我懷疑那順著節日過了一年又一年的居民，不會離開搬遷的居民，會不會咦一聲，又是一樣花燈掛上……又是一年了？

旺角

家搬到九龍，又搬過兩次家。剛住滿一年的新居，上面有個大公園，窗外有綠蔥蔥的樹林，和一個小小的私人兒童遊樂場。因為疫情，幾乎沒什麼小朋友玩耍，空地和斜坡像個袖珍的自家花園，有小鳥兒的吱喳聲，人們在公園斜坡經過時的講話聲，遠處大男孩打籃球激動時的大喝聲。像一個集音筒，那分散在各地的音律：有時經過的人大聲說電話談私事，哪隻股票今天漲了百分之二十，買不買；到底老母是要誰照顧，不要都是我來管；移民留下一個大電視，送給你好不好？那些人看不到下面，被大樹遮住了，有人在露台看著自家的植物，並不想偷聽的，由上空飄下來的問號像天女散花游離著，全是人生的、個人的，一累積起來就叫做生命。一隻流浪貓，大白天的在坡道上的草地閒閒走過，喵一聲，又是沒看到我。做一個隱形的人也不錯，你像海棉一樣吸收許多一滴滴外來的聲音，多了幾重他人的生活。但露台不能久留，蚊子太多。而且，那些瑣碎平庸的煩惱，我多著呢，那只能證明大家沒什麼不同。像你經常走過那一株株的豔紅洋紫荊，不是因為某一株令你停佇，不是小王子那枝特別被愛的玫瑰花，是因為洋紫荊的盛放動人，既沒有獨特的某一枝，也不會有獨特的那個人。但是整體也不錯，這一叢那一叢，兀自開放。也許，我們都在靜靜等待會凝視你的那個對方。

是老房子，空間寬敞但裝潢傳統。只要可以放書就行，家當不是什麼貴重物品，全是文件各式書籍。書架被壓垮，換了好幾次，看著一堆書想著幾時要把書斷捨，沒想到愈搬愈大，索性放肆，再留幾年吧。下次搬一定是會丟的，不只是因為房子大小，而是再沒體力勞動，到了鬢已星星、留得住書籍卻留不住人面的年紀，要及時把身邊的東西整理好。就讓這些新書舊書先暫時留在我們身邊，分別有時。有時站在某一個書架找書，偵探推理、詩集，外國小說再分作者，日本村上春樹、吉田修一、三浦紫苑，義大利卡爾維諾，還有桑塔格，有張愛玲張大春楊照木心駱以軍閻連科，和電影書。提及這些名字仍然感動滿滿，是讀書人的怪癖，就像有些人入那些服裝設計師的品牌，那激動的心情。每個人都有他的聖殿，我有時默默看著一排排的書，忍不住手痕再微調一下，把朱家放一起但旁邊要放張大春而不是駱以軍，把王德威放近華人文學而不是評論類。許多書都有兩本以上，有陣子瘋狂，兩個人要先睹為快，一次買兩本一樣的書，同時看。這種購物狂熱和看見某設計師出新品的激情沒兩樣，只是一個放衣架一個放書架。

所以書到底是物質還是精神產物？很難說。

看書累了，由家走出去，往上是九龍城，往下是深水埗，或旺角花墟，一右一左。我們要為陽台買花，就往左邊走下去，經花墟公園或大運動場，花墟道園圃街園藝街幾條街，都賣各種花卉植物園藝用品，過年前尤其多人買花，還要專人維持秩序。這兩年疫情，頭一年好一點，不敢往人群走，今年大家都麻木，生活要繼續下去，過年要買花是最大道理，擠進擠出是正常。在香港，人多秩序好，少有因此吵架的。一大盆桔子、桃花、梅花、劍蘭、水仙，熱鬧紛騰，尤其是水仙，要早一個月去買花種，先剁開，再養著，定時換水，等時間和水分讓水仙慢慢甦醒，伸一下懶腰。家裡養貓，很多香味花和植物都是禁忌，以前常買的香水百合，現在只能看看，但還有很多花可以買。認識的不認識的，花的世界太多彩繽紛，眼花繚亂了，還有那些香草，迷迭香、羅勒、九層塔、薄荷、義大利香芹、檸檬葉……湊近每一盆都聞到不同味道，花墟成為一座巨大的花園。我對植物和動物皆懷著深深敬畏，在地球地表上一同呼吸生長的我們，如果可以，我希望那是一萬年。單獨的個體會離去死亡，但欣欣向榮的是種類，它們不會滅絕或瀕臨滅絕，和人類永遠在地球不離不棄，莫失莫忘，一直到天荒地老。

花墟聚集著花草的能量，我們捧著大株的梅花劍蘭柳絮枝，擦身而過，交換著新年快樂的眼神。花墟裡所有願意親近花草的同好，都不是在冰冷的個人的房間生活著，而願意假裝自己是和土地親近的友人，證明除了人類之外的物種生命，都值得關注。我們決定要蒔花種菜，買了兩個大養植盆和有機泥，花草葉菜種子包，跟賣各式各樣種子泥土肥料工具的老闆吹水詢問，他多送了幾個空心菜養植株，我們開心地離去。雖然屢敗仍屢戰，陽台上那些花草已換過幾批，但執意不停地到花墟買花看花，成為日常疏濬心情的好地方。

旺角當初還是海邊之地，這已經消失的海角一號，現在早就填海造地，看不到海灘和船隻，但當時的船民因為地形像個牛角又長滿芒草，稱之為芒角的今天旺角，兩百年前才有人安居在此。因多務農，所以有西洋菜街、花園街、通菜街這些名字，又有布廠，遂有染布街、黑布街、塡地街，全都望文生義，和女人街波鞋街槍街金魚街豉油街，都是貼地又平民的唱名。而這裡是九龍的平民中心，最早開發的源頭，生命力旺盛像跳動強壯的心臟，不是尖沙咀中環看慣的優雅城市，但那怦怦的心跳聲卻在挨擠的人潮，最密集的區域，響亮地迴響著。

由花墟捧著花往回家走，我常在一家小餅店買一個起司蛋糕。我九龍身分是不是已經開始因為這些像打印一樣的在每個小店駐足接觸而確立了呢？我由一個住了十多年的香港島人，在灣仔北角天后銅鑼灣打混吃喝的住民，現在遷移到對海的一戶人家，日常就是旺角買花尖沙咀吃飯鴨寮街買電器，那就是九龍人了？我需要這樣的界定來堅守地域文化的差異，或是不管我在哪一處生活著，我已經不能被定義也毋需理會我站立的位置，我已經有我的國度我的地標？

當你搬來搬去著如一隻避冬的候鳥、冰河紀的長毛象，無關物種的大遷徙，不似今時今日一波波的機場告別，我只是個小單位，並還在這裡不管你稱之香港或九龍留駐著，而站在高山上看著大批的象群們，媽媽象小孩象老象爸爸象，牠們由天上掉落的冰雹聽見自然的警告，牠們要離開了，不能久留。

而我如一隻暫時不離開的老恐龍，在山上見證著這場地動山搖的搬遷，祝福所有從根拔起的無根者，都不用理會你的位置你的國度，而安心處才是你家。薩伊德說的格格不入，在每一個地域似都不是你的容身之處，你似一個異形融不下那種安然的生活或自在的空氣中。「他們原先是一般的中產階級，現在滿面憂傷，生活無著。但我不能真正領會他們遭遇的悲劇，也無力湊攏種種述聞的碎片來了解巴勒斯坦究竟發生了什麼事。」種種碎片，每一個碎片一個故事一個人生和一次的放逐，但那是他者的人生，只能由他們來人敘述。我在長長的幾乎貫穿了九龍中心的彌敦道等著過馬路，車水馬龍，空氣汙染，我們都戴上口罩。舊招牌寫的北魏體，正正方方像個小朋友臨字，起勾特大特有力；新招牌電視液晶體LED流動著廣告畫面，一下進入元宇宙。新舊混雜永遠是香港特色。我會穿過彌敦道到西洋菜南街，到一家有貓的二樓書店序言，買一本新書。貓懶洋洋坐在書架上，少了一隻眼，未未貓店長（二五年逝）有時跟我們進廁所門，不是幹麼，牠也要喝水吃飯的。下樓的西洋菜街，幾年前每到週末會封一段路，有像那卡西的街頭演唱，妖嬈豔麗的女人，臨時建搭的揚音器，十幾個團體各據一方，唱著通俗七八〇年代的流行曲，吸引一群老顧客。這是簡陋版的紅包場，沒有舞台，就在大街上，幾家震耳欲聾的音樂交錯在這條暢旺的一段街道。年輕人和遊客也聞名而來，那些塗著厚厚胭脂腮紅和紅色口紅的女歌手唱得更賣力，阿伯們也開心得塞紅包給她們，這樣原始的往返像回到幾十年前的施與受。你走在這一段街頭，像掉入時光隧道，若高處看下來，九龍的中心，有一股平庸的快樂在閃著光。那種快樂沒有深刻，但可以暫時忘卻所有深刻帶來的不安和迷惑，即使是像我們走在這裡純粹為了觀看而不參與的旁觀者，都想要一種像他們一樣忘我的短暫如迷幻的快樂。穿越一首又一首歌，回去他們我們的卑微年代，只要不正視，一切過去都像黃金一樣地閃爍著光。

後來，二〇一八年有人抗議這種演唱的光害和噪音干擾街邊附近居民日常生活。行人專用區殺街，那些女性表演者和老人觀眾轉戰到其他地方，天星碼頭、元朗公園、旺角小公園、廟街，稀落的，再不成形。有人支持有人反對，文化議題總是繞在粗俗和精緻的界線。人類有多鄙俗就有多高尚，像擺在櫃子一瓶瓶密封的香水，廉價和高級的不能由包裝看得出來，但打開瓶蓋，香味一出，漫溢出來的是你喜歡的或厭惡的，各式不同的植物萃取的香味，或是一聞就知道是人工合成的香精，你分辨得出來，不表示只能賣你喜歡的香味。這是香港人的自由，尤其是底層民眾的自由，而在旺角那些塞進女演唱歌手的紅包，可能是老人家的生果金或老人金，那眼神透露著激昂如少年時期高度荷爾蒙的阿伯們，在這裡找到熱情。遠看你覺得好可悲，只剩紅包交流的虛擬愛情遊戲，不如去公園打太極或湊孫，做一個正經的老人家？但近看，那一輩子為家庭孩子打著工流下汗水，不是在冷氣房運籌帷幄的白領或金領，實在靠著勞力賺取一家所得的基層，他們在退休之後，可以以父以老公身分的形象繼續把餘生用盡，也可以偶爾出個小軌在一堆老男人裡做一個送紅包的老闆，挑一個阿瑩阿美或阿玉，長髮圓臉或短髮長臉，唱福建歌廣東歌或正宗京腔。生命苦短，生命也苦長，這種交易其實不涉太深層次的關係。我經過，駐足幾分鐘，聽了半首歌，那火熱的氣氛有一大半是過大的音響造成的，震耳地在兩邊高樓左右開弓，讓我又想起久遠湮沒的記憶。我自小就熟悉的，由一個空洞卻迫切著想有個另一種人生的吶喊。你經過平平無奇的庸俗人生，不要停下來，再繼續走下去，如一探測彎管再往心臟方向移動，怦、怦、怦，只要聽過我父輩母輩們那種渴望與期盼的心跳聲，他們連野心都如此溫馴和無有創意，許這樣的願的平凡的人，都值得有這樣簡單無害的快樂。

花墟搬運著一盆盆花草，讓城市多點色彩和香味的人；在茶餐廳還著白色制服但滿衣油漬的侍應；旺角大球場有時夜裡就放射強光，全場滿座，群眾為一個安打歡呼，而天空變得很近，藍綠藍綠的，只有一兩顆星星，觀眾席上等待著另一個擊球而大聲加油。你上朗豪坊站，再往前轉入一條小街，小商場一間間小店，賣舊貨幣舊紙鈔，賣陳年雜誌老古董，有人跟老闆講價，老闆很有耐性地再重複一次來源歷史。物有所值啦，老闆說，過幾年保證你升三倍都不止。你再走出氣味濃郁的商場，往那一年妹妹弟弟一家來看我的康得思酒店。那是最後一次他們來香港，也不過是幾年前的事情，我到酒店找他們。旺角不同之前他們常住的港島酒店，他們下去找一家有腸粉包油條叫做「炸兩」的早餐店，那種早餐常有各式粥品油器、煎堆、牛脷酥、咸煎餅和包，老二念念不忘，終於給她找到吃到。我們在旺角街上閒逛，和匆匆忙忙趕路的行人格格不入。我終於找到我的旋律，在與我家人同聚的時刻。他們過幾天就會回家，而我會繼續留下，在這裡。

有人離開，有人留下，無法區分這兩個詞彙丟出去如山谷回音時，會不會有另一個，不離開亦不留下的選擇？有聲音輕輕地回應著，你可以不選擇，沒有人必要選擇。那個謊言，真實撫慰了我。

關

幾年了？我們被關在一個城市，數著日子。城市看起來是一樣的，沒有被感染，黑色發光的帷幕玻璃，你仍可以往遠看到海港一艘綠色小輪由灣仔到尖沙咀，來來去去，忙忙碌碌。更遠的黃金海岸，一艘艘遊艇在平靜的海岸邊，像白色的微型玩具。雲不是大片大片的，而是一圈圈小雲朵。熱鬧駛出海灣的遊艇，比基尼女郎和穿著花泳褲挺著大肚皮手持雪茄男人，浮誇拿著洋酒的畫面，你在香港電影裡找得到。另外一些是單雙帆船，比較低調，要到假日才出動，洋人居多，有古銅膚色和一級線條，懶懶的就躺著，什麼也不做，連笑鬧都嫌浪費氣力。這裡是異鄉，但一艘船可以把你放在海洋上，你不是誰的公民，不貼標籤不用表態，浪有時大，來一個前滾，翻盪像鞦韆。遠方還有家，但回去不容易，無形的透明的覆蓋體落在每一個稱為國的地域，只有病毒可以自由來去。作為一個囚犯，僅管苦中做樂，關得愈久，就漸漸失去行動的能力。

不往海邊走，可以上山。奇奇怪怪的地名，龍蝦灣芝麻灣鳳凰徑米粉咀蚺蛇尖狗牙嶺吊燈籠破邊洲……樹木花草跟著節氣，沒有因為疫情而少了顏色，高高的木棉種子破了，一朵朵棉絮飄浮在春天靜謐如少女的香港，惹得大家嗆然。美麗的總會被原諒，雖然眼耳口鼻都因白色棉如花而痕癢，僅有你在春季看它柔軟如芭蕾舞孃的身段，緩緩下降，風吹一下往左，再堅持往右，明白自己終會落地，就要輕柔地。最燦爛的一刻很短，只在破殼莢後那飛揚落地的幾秒鐘。

香港常常山海相連，上了山再下去又見海，由海邊白沙灘往上又是茂密的叢林。山林原始，團隊幾人一起上山的，孤身上路的，在狹隘的山路交會。因為閉關，更多人選擇行山。不往人多的市區商場總可以吧，可惜你這樣想別人也是，以為的淨土都其實只幻象。你和下山的朋友交換一個無奈眼神，前路人太多，也有一家大小，走一下停一下。我們在半山腰用停擺的幾十秒看著山下的建築，中銀、匯豐、國際金融中心ＩＦＣ、環球貿易中心ＩＣＣ……和總存在的一片平靜的海面。我們被困在這山腰，被困在一個透明的大泡泡裡，無法計畫旅行探親，無法預測未來是否發生更巨大的危機。眼前一道道門關上，人類還真不是神，而萬物之靈可能是一種詛咒，生產力隨著破壞力。每個人的想法像隔著一億光年那麼遠，我們都聰明，但是不夠善良，善良的距離只在伸手可及的範圍。把你的腳放到別人鞋裡？開玩笑。但總要試試吧，試了，就知道其實也沒那麼難。

我記得鳥人朋友帶我們幾個初手登獅子山，有香港台灣的，居然也沒人登過這代表香港精神如一個巨型神龕的山頭，有劇有歌稱頌著永遠不離開也不渴求自由的雄偉萬獸之王。平常日子每次經過旁邊，司機就指一次：你看像不像？那坐姿那頭向，對一個沒想像力的人教育十幾年，每經過一次說一次也不嫌煩。終於有一次覺得像了，那獅子終於現身，山頭綠蔥蔥的，但牠願意被我看到了。那山頭曾經掛上熱情長幅的標語，垂下並隨風飄揚；那山頭曾有人拿著手電筒，像一長串的燈海，一人接一人在獅子山上唱歌表態；那山頭像是香港圖騰，把所有寄望理想都灌注在那頭獅子身上，祖靈會看顧著這片有幻麗燈光的暫借之都。匯豐銀行那一對也修好了，一樣安穩坐落在中環，繁榮國際城市的地標，但事情就這樣被「忘記」了。

鳥人那時才來香港幾個月，每星期爬不同的山，標誌植物地形。他太愛山了，或可以說他愛所有自然存在的事物，香港人都沒像他那麼用心去記錄。我們就只是爬山，用盡自己的精力，運動健身，用宏觀角度看待群山，不必細緻分別它們的獨特。我們是登山者，他是觀山人，是老族落的巫師，祕密和群山交流著自然的語彙。我們視而不見的那一片樹葉、一株植物，原來香港才有，他仔細耐心地講解，腦袋裡裝著由山之精靈所賜予的恩典，如打開一本本繪本，簡單的線條和繽紛的色彩紛呈。這一大群人只有他有這種天賦，戴著花草荊冠，山中小矮人圍繞在他身邊吱吱喳喳，藍色小精靈飛來飛去不願離開，是那樣的一個人。把我們也修復成一個，稍稍尊重山林的那樣一個人。

大伙在望夫石休息拍照，俯瞰著下面香港散落的無人小島和建築，海水包圍著，海明威《流動的饗宴》說著巴黎，但流動的都市也在香港，那幾波的遷入、離開，一次又一次，走了回來又走了，美麗的城市留不住。人亦是。望夫石下的古老傳說，我們嘻笑地把它變成望妻石，有一隻雀鳥發出清亮的啼聲，抬頭找不到那鳥到底長什麼樣子。鳥人叫我們聞一片樹葉的香味，他真是樸素的好人。那年他又來，約在廟街一家尼泊爾餐廳，還是老樣子，灰褲灰棉衫，捧著一大包報紙包起來的茄子小紅蘿蔔和青江葉，說剛由粉嶺還是哪裡買的，剛摘下新鮮有機的葉菜。他寫的那些台灣市場、鐵道旁的人民們，這裡也有，但我一世流流長，也就去過幾次有機農場辦的嘉年華湊熱鬧，自以為是城市人口之一，綁定之後就和農地鄉村割席。但他不是，不管在哪裡，都自然地親近山林河海，像是探訪一個輪迴又輪迴的老朋友，不失不忘。只要聞到大自然的味道，就往那裡去。他也不自大，識多鳥獸蟲魚花草樹木，像是本應如此。

這樣的人，大抵被關在一個地方也無所謂，只要有山爬有鄉鎮可以逛，有老婆婆老農夫可以聊天，都可自在自由。而我，卻只想到要到遠方。應該說，可以讓我有選擇的權利，我想出門，就可以收拾行李飛走。這個世界沒有界限，而我就覺得自由。雖然我並不是我想像的那麼自由，而且我那麼自私的希望其實也就像一個任性的孩子。這世界太累了要休息，但停擺這兩個字實在太嚇人。我試過出門，在兩地的酒店各待上兩星期，那是真的被禁錮在幾坪的空間，一個人呼吸走動，乖乖地等著每天早上七點中午十二點下午六時，有人摁門鈴。我常常在窺視孔往外看，長長的走廊一隻鬼都沒有，門外凳子有一個保溫包，便當就丟在裡面。我悄悄開門，每日三次，順便把垃圾袋放出去。這是個幽靈酒店，禁閉著恐慌的靈魂。高樓往下看，明明車子紅燈停綠燈行，明明有幾個行人在亮晃晃又空蕩蕩的街頭一閃即逝，明明我看到時代廣場招牌七彩霓虹燈變化各種廣告，馬場白天還有學生在教練吹著哨子的嗶嗶聲下做賽前體操，而我到底是做錯什麼，要在這窄逼的小房間，把床移動，因為要隨著YouTube做健身操，用輕快的音樂和舞動肢體來拒絕承認我並不是被關閉，而是被放逐。

不只是我，太多太多，囚室裡被放逐的，被停擺的，被禁錮的，真的不止我一個，那又有什麼好抱怨的？他們也是選擇嗎？要在不能隨意出入的小房間，沒有風景沒有空調。我知道在一星期後清晨十二點，我就可以慢條斯理地打開門，誰也沒權力阻止我，但有些人不。他們曾經是我在京都遇見的一家大小；他們曾經是一個在中秋夜銅鑼灣茶餐廳偶遇的，過幾分鐘又折返，拿著一個小紙燈籠羞澀地遞給四歲女兒的長毛伯伯。而我在這裡，呼天搶地地談囚禁之苦。那些安靜沉著地依靠著某一種信念或信仰，像是被植入鋼鐵之脊椎，永遠挺直不屈服的身幹。本來是人世間平凡的血肉之軀，關閉令他們如兩截分裂的身靈，一個如鳥一個似人。而被放逐自放逐的人更多。一隻貓在陽台門旁看著外頭吱喳的鳥聲，蹦一聲又飛走了，我看著貓也看著鳥，我不理解貓也不理解鳥，我希望理解所有自由和囚禁裡面是否可以偷渡轉換，可以把其中的苦與樂，揉捏成一種平常的藥丸，把貓和鳥，把外面和裡頭，把開關像神奇的裝置，你可隨時出入。把世界可以放大到無限宇宙，也可以縮減到一間一坪的空間。可以像我叫鳥人的朋友一樣，是鳥也是人。當他蹲踞在那角落，不表示他不自由，他有蓄勢待發的姿態，有隱藏的翅膀，像天使一樣。如果可以這樣，我們就都無可抵擋。但我還不是他們，我們仍是血肉之軀，困惑著人和人之間銀河系那麼疏遠的距離，我們理解不到他們的理解，而注定在這樣的亂世，像敵人一樣把仇恨散播得比病毒更遠更快。

愛你的敵人，他說。但不行啊，我們隔著火海刀山，我們是巴別塔的孩子，我們甚至不能理解這世界為什麼由不同的人口中吐出的話語我們一句都不懂。不是語言的問題，而是價值觀道德信念；不是溝通的問題，而是願不願傾聽。惡意像病毒感染，明明有善良的大路，偏偏擇那幽暗的小徑。

我希望那飛走的鳥兒可以到遠方，更遠方，找到一棵月桂樹，像阿波羅一樣，只訴說愛，不要再談悔恨。那月桂冠是給知曉智慧的人。在遠方的月光下，受困於所有不平憤怒，掉落在黑暗底井下的人，都將抬起頭看著夜鶯在你的窗前，停在一棵月桂樹上歌唱。

你走進被關上的一道門，別回頭，繼續往前，會有另一道門橘紅色的曙光初起，溫暖包覆著你，等待，靜靜地等待，你打開另一扇門，走出去，無人可以判裁你，也無人可以傷害你。

時間到了，我拉著行李，打開門，經過一道道緊閉的門，或有人在門孔中窺探著外面的我，羨慕著。我摁下電梯，那過度安靜如一鬼域的酒店，會不會有像《鬼店》那兩個穿著一樣的小女孩等著我？但我必須不懼怕地繼續前行，終於到達有人在的櫃台，打一聲招呼。自動門打開，外面是白花花的陽光，是行走的人和移動的車輛，是一個開放你自由行走的世界。我呼吸，一片凰凰花掉下來，紅豔美麗。而只要你還呼吸著，你總會等到，另一扇門。我輕輕地默念，對著一群遠方的人。

變形的遊戲

商場街道上，常見到年輕的父母推著嬰兒車。那些嗷嗷待哺的小朋友們，圓胖可愛。臉容被遮了一半，只露出晶亮圓滾的眼睛看著世界。小小的口罩，各式各樣的圖案：寶可夢、米妮米奇老鼠、月亮仙子、小王子……那些奇幻的世界裡的人物的世界，應該沒有口罩這個奇怪的東西。現在商場多人了，小孩來來去去，甚至擠成一團，都沒人在意距離的問題。孩子們擠在我常去健身房的對面，一個寬敞兒童樂園，玩樂玩耍。排著齊齊整整的推車，孩子的笑鬧聲傳出來。那些父母們經歷了這幾年的疫情，會不會後悔在這時候生下孩子？他們要付出雙倍的精神跟力氣，來保護他們的孩子。我們學會失去，卻不知怎麼叫孩子面對我們之前從來沒面對的事情。剛學步的孩子，大概以為口罩是天生要戴上的。就像現在才剛剛學會怎麼樣到郊外脫下口罩，大力地呼吸，在鞦韆上搖蕩，巍巍顫顫地上樓梯滑下來。大人接住他們，孩子開心地笑了。我們稍稍恢復了三年前的景象，可是，恐懼還是跟著我們。什麼時候會再重來？或是有另外一種新的病毒？

我們一步一前進，懷抱著憂愁、喜樂共處的情緒，悲歡交集。有些朋友，三年沒回鄉了。三年又三年，發哥說的沒錯，只能在影片上見到年邁的祖母跟父母。有一個女孩說著她跟祖母的感情，眼眶濕了，回不去。不僅是因為病毒，也是因為時間。我們失去的時間。讓我們被迫丟空日常生活之外的一些快樂的想望，譬如旅行，譬如回鄉，譬如做一些想做就做的事情。如果這是一種懲罰，那我真心覺得這是時間給我們的懲罰，是地球給我們的懲罰，是我們自己給我們自己的懲罰。時間是不平等的，尤其對年輕人跟孩子，他們最好的時間卻經歷了最壞的時候。我們這一群老人靜靜地看著，他們未曾享受過的，或剛剛享受卻現在失去的，自由的快樂。

回不去，不只是哀傷的，也是令人悲憤的。這三個字變成一句吐槽話。既然回不去，就只有往前走。年輕的父母繼續帶著他們的孩子，在這裡，在外國，在看似熟悉的地方過著陌生的日子，在陌生的地方規畫著熟悉的生活。即將面對的世界，變數太多而可以掌握的太少。像毅行者一步一步往前去所看見的風景，那是跟著他們的汗水而來的終點。然而我們並不是寄望終點的美麗，而是行走之時的辛苦與快樂，是兩旁的風景，只是我們那時候還不明白。低著頭一直往前衝，以為盡頭才有最好的東西在等我們，沒有悲觀的權利。他們強大的力量來自他們的下一代，而下一代的命運像濃霧般的森林，你不知道進去之後，會遇見什麼樣的野獸或精靈，會有美麗的彩色但有毒的菇類誘惑著你，或是青綠的草地讓你休息。

你以為只有年輕的一代才會出走？不不。那些同年齡的退休人士、認識的香港朋友，都默默規畫著，突然聽見他們往英國、加拿大、澳洲去了。在倫敦一起下午茶的朋友們，其中一對夫妻匆匆地出走，在倫敦不同的旅館住了一個多月，體驗不同地區生活，才找到合適的房子住進去。他們說得輕鬆，但我聽得心酸。兩大一搬，不是為了旅行，而是想找一個好的落腳之處。之前在香港都是專業人士，如今到倫敦，照著自己的生活過日子。租來的大房子望著後面的山丘，小松鼠大松鼠跑來跑去，下午安靜如沉睡著的夢境，喝著下午茶，剛在週末農夫市場買的蘋果派。我們注定要過兩種人生，注定在兩種世界品嘗不同的茶之滋味，那個我們稱之為動亂或是不安或者叫做不能選擇的命運，把我們帶到另一個地方。雖然不是太差，雖然還有選擇，但我們注定不能安定安心地在一處生活。那小小的懊悔魚，總是會在夢中輕輕地游著。或許在這樣子的午後，我們輕巧地避開話題，只是淺淺地談著生活上的細節。這個要終老的地方，那麼地靜謐、正直，所以我們稱之為自由的國度。但哪裡有完美的國土呢？都不過是自己的選擇而已吧。

但他們至少要自己找生活的意義，一個星期三天早上，坐車由倫敦中心到東邊做義工，把舊書貼上價錢表、歸類二手衣，算一下帳，跟著社群的活動表上一場瑜伽，或是和小區的住戶，一人煮一道菜，聊著天喝著酒，一個晚上就過去了。聽起來既不多彩也是單調。但是，有選擇，就不悲慘，有選擇，就做著自己決定的事。都是不得已，但也都是不得已之下的快樂。

是香港的大時代，連根拔起。人類有那麼多的空虛、有那麼多的依賴、有那麼多的無奈。那場在貝克街上一家老式英國餐廳的下午茶，讓我了解，你將進入一個情境：有著不算差的過去，也想望著不太壞的將來。要把新的房子跟花園弄成什麼樣子？要把另一個生活過成什麼樣子？日本演員樹木希林曾經說過，作為一個演員，不認真過日常生活是不行的。所有的場景，即使在電影，如果不像實際上做過真實生活的痕跡，那些細微的小地方存在著真實感，那就不是好電影了。而我們這些平凡的人，如果不認真地在細微的生活上找一點樂趣，把生活規範變成一種生命的必要。年輕時期那種荒廢、流蕩、不願被歸納的心態蕩然無存，我們需要一些規律來證明自己活著。幾點鐘醒來，幾點鐘睡覺，什麼時候吃飯，什麼時候去散步。什麼時候大家談的不再是未來，而是現在的養生，不再是過去，而是現在的點滴生活。生命掉落到一顆黑洞裡面，火山口，噴發的炙熱火山灰不關我們事。我們已經在非常安靜而且冷凍的底部，等待著一個又一個的發生，那些發生都不是我們醞釀促成的，只是被動讓大部分是壞，而很少的好事發生。期待的我們，抬著頭看著灰灰的天空，期待有什麼好事由厚厚的雲層中，如太空船落下來，快樂景象如一場贏了的球賽，再沒什麼比這麼短暫的快樂更令人激昂，有信心這世界一定會一直善待我們。雖然你明知地球是圓的，而快樂是短暫的。雖然你明白，所有的激昂激動，都可能幻化成一片灰燼，而雲層裡面你所幻想的救世主，不會降落。

我突然發現。原來時間是站在我們這一邊的。我們享受到最大的世間的利益，不用太努力，因為時代把我們高高舉起。我們得到了最好的回饋，傲視這個世界，人人都是必勝客。因為香港的變遷，我們在年輕時享有了香港的便利跟榮耀，年老的時候，我們有足夠的資本轉換地方，過安定的退休生活。養花蒔草、周遊列國、參加極地的豪華團、歐洲的高級旅行。原來時間是站在我們這一邊的。但是那有什麼用呢？跟不上的那些年輕人，一個個跌跌撞撞，即便我們在同一個時代裡，卻有不同的待遇，即便我們站在同一邊，但他們的憤怒和沮喪卻更尖銳對立著我們。

所以我們只能沉默，而不能互相取暖。這個世界切割成一小塊、一小塊的細片，想要完整地組合已經不再可能。我們站在自己的位置看不到全面的場景，我們的智慧已經無法解決這近乎渾沌、無主的狀態。如果可以，世代交替這樣的變遷不要如撕裂般痛苦，血淋淋的場景是我們無法承受的畫面。可不可以我們只要很膚淺地談論著生活的小事、無傷大雅的新聞，像一個輕巧跳躍的體操選手，在鞍馬上有幾個優美的動作，再完美落下，雙手向上揚起，好好地鞠躬謝幕。那麼我們坐在這裡喝個下午茶，看著窗外的斜坡和綠茵，就很好。即將落下來的一輪夕陽的生命，跟我們一樣。我們跟夕陽一起落下，並沒有遺憾，遺憾的是那些還沒有追上來的年輕人，遺憾的是那個我們無力改變的世界，已經在前面，很遠很遠。我們是夕陽，而早起的太陽不是我們的。石黑一雄的克拉拉，是我們期待的救贖，但是純真，並不適合完美。

年輕力壯的那些人，變形成為一個一個鐵金剛，他們需要更多的養分才能戰鬥，但那不是來自太陽空氣和水，而是一大堆的憤怒、悲慨和眼淚。像午夜呼嘯的狼群。我們如何能安撫他們？讓他們覺得生命並不是那麼糟糕。之前的世界，是我們建立得不好，讓他們承擔那麼多的扭曲與不平。我們已經進入到另一個階段，那被揉搓而不再方正的所謂正義與公理，像被擊中了的、慢慢碎掉在地面的黑色碎片。我們的想像力居然去不到那樣的地步。原來人跟人之間的傷害，像噬血的獸、想尋求替身的幽靈，像銀河系某一個黑洞，未被燃燒未被炙刺，未知那樣由同族對你的殘害是多麼地不可置信，之前過的日子有多麼安詳美好，今天要承受的痛苦與背叛，就有多麼深刻。

星星已經出來了，深藍的夜空中閃耀。小松鼠都回家休息了。我們走向坡面，一群人正在等著夕陽落下，三三兩兩坐在草地之上。微微的冷風吹過來。我們站著看著遠方，好像一群希望有更多的未來與和平的仰望者，在我們前面展現的人群都望著天邊。這裡是異鄉，但終將成為他們的國。那個被我們拋在背後的另一個故鄉，慢慢沉落到海面之下，像一個被消失的國度。

夕陽走了，星星出來了。橘色如透著紗罩的光，為什麼呢？地上的人們像星星一樣遙遠。齊豫的歌聲，風起，我們拉一拉外套，慢慢下坡。前面並沒有預言，也無引導的燈籠，只有靠自己。遠處有人哼起歌。還不算太壞，暮年和暮色蒼茫，只希望，至少那些剛脫下口罩、有新鮮的空氣和自由的靈魂的孩子們，你們覺得，還不算太壞。

如果我們失去太陽

作　　者｜張家瑜

副 社 長｜陳瀅如
總 編 輯｜戴偉傑
責任編輯｜陳瀅如
行銷企畫｜陳雅雯、張詠晶
裝幀設計｜朱疋
內文排版｜Sunline Design
印　　刷｜中原造像股份有限公司

出　　版｜木馬文化事業股份有限公司
發　　行｜遠足文化事業股份有限公司（讀書共和國出版集團）
地　　址｜231023 新北市新店區民權路 108-4 號 8 樓
電　　話｜02-2218-1417
傳　　眞｜02-2218-0727
客服信箱｜service@bookrep.com.tw
客服專線｜0800-221-029
郵撥帳號｜19588272 木馬文化事業股份有限公司
法律顧問｜華洋法律事務所　蘇文生律師

初版一刷｜2025 年 8 月
定　　價｜NT$400
I S B N ｜978-626-314-831-4（平裝）978-626-314-832-1（EPUB）

國家圖書館出版品預行編目 (CIP) 資料

如果我們失去太陽 / 張家瑜著 . -- 初版 . -- 新北市：木馬文化事業股份有限公司出版：遠足文化事業股份有限公司發行 ,2025.08　　224 面；　14.8x21 公分
ISBN 978-626-314-831-4(平裝)　　855　114005408